Helmut Vester

Reiseerlebnisse besonderer Art

Seen und Inseln,

Berge und britischer Humor

© 2018 Dr. Helmut Vester, 75217 Birkenfeld
Lektorat und Layout: Dr.Helmut Vester, Winfried Vester
Herstellung und Verlag: BoD – Books on Demand, Norderstedt
ISBN 978–3–7460–9306–2
Printed in Germany 2018

Helmut Vester

Reiseerlebnisse besonderer Art

Seen und Inseln,

Berge und britischer Humor

Diese Erzählungen führen nach England und Schottland, nach USA, nach Griechenland, zu Inseln im Mittelmeer und im Atlantik. Alle zeigen seltene, überraschende Ereignisse, die im Gedächtnis bleiben.

Inhaltsverzeichnis

I. Wo wir England begegneten

Wieder einmal eine gute Idee

Richard Pinney ist schon immer ein kluges Köpfchen gewesen. Nein, wirklich; er hatte unentwegt Ideen, beste Ideen – vor allem Dingen Ideen, wie man, ohne sich anstrengen zu müssen, auf ehrliche Weise zu Geld kommen konnte. Zweimal stellte er diese Ideen als oberster Geldsammler seinem Land zur Verfügung – im Krieg als Bettler für das britische Rote Kreuz, 1953 nach dem Tode des Königs als Geldeintreiber für den King George VI Memorial Fund. Beinahe wäre er für seine Verdienste geadelt worden; doch irgendwie hat es nicht gereicht. Schade, dann wären wir ja mit einem eng- lischen Adligen befreundet gewesen! Er zog sich nach dieser Enttäuschung zurück aufs Land und lebte dort seinem Pläsier. Dort begegneten wir England und began- nen, es zu lieben.

Richard Pinney

Reich war er nicht, aber, wie gesagt, er hatte immer Ideen. Er wohnte in Suffolk an der Schlauchmündung des Butley River, und so lag es nahe, vom Fluss auch zu leben. Er schnitt Schilf, ließ daraus Matten für den Fußboden und Mättchen für den Esstisch weben; mit ihnen begann er einen einträglichen Handel. Er fing Fische, Muscheln, Hummer und züchtete Austern. Diese Sächelchen aß er mit Wonne und fütterte auch seine Gäste damit. Hummer schon zum Frühstück und Hummer als Fleischersatz zum Dinner. Herrlich! Hummer am nächsten Morgen und beim nächsten Hummer. Schon nicht mehr ganz so attraktiv. Hummer, Hummer und wieder Hummer! Es soll Leute ge- geben haben, die seit einem dreitägigen Besuch bei Richard dieses Tier zeitlebens nicht mehr anrührten.

Später räucherte Richard aus Irland eingeführten Lachs und eröffnete ein Fischlokal. Im Nachbarort wirkte der berühmte Komponist Benjamin Britten, und nach den Konzerten kamen die Besucher scharenweise in Richards Lokal. Das Geschäft blühte, fand Aufnahme in Gourmetführer und wurde im Fernsehen portraitiert. Richard hatte wieder einmal ein glückliches Händchen gehabt.

Eines Tages kam ihm eine neue Prachtsidee. Am Butley River gingen zahllose Schnecken spazieren. Sie hatten die Größe der Weinbergschnecken und trugen das gleiche Haus auf dem Rücken wie sie. Der einzige – äußere – Unterschied gegenüber den Weinbergschnecken bestand darin, dass die Fluss-Schnecken schwarz waren. „Igittigitt", möchte man sagen, „schwarze Schnecken, wie unappetitlich!" Doch Richard dachte anders, dachte ökonomisch. Schnecken, sagte er sich, sind ein anerkannter Leckerbissen, und zudem sehr teuer. Zu Hunderten räkeln die sich am Flussufer; da käme es doch einfach auf einen Versuch an, ob man mit ihnen nicht ein delikates Essen bereiten könnte.

Die beiden Besucher wurden losgeschickt, die Viecher zu sammeln. Schnell hatten sie einen Korb voll beisammen. Mathilde bereitete sie in einer Kasserolle zu – liebevoll, wie es sich für eine Ehefrau gehört, mit vielen Kräutern und fein mit Butter abgeschmälzt. Die Kasserolle wurde in den Backofen geschoben, und die Erwartung auf ein wohlschmeckendes Schneckengericht war groß, besonders bei Richard, der schon wieder eine neue Verdienstmöglichkeit witterte. Die Familie war skeptisch. Sollten sie eines Besseren belehrt werden?

Dann der große Augenblick: Die Kasserolle kommt aus dem Backofen, dampfend, duftend – auch lieblich duftend? Richard lässt die erste Hitze entweichen, spießt mit einem spitzen Gäbelchen und spitzen Fingern eine Schnecke auf. Er schiebt sie in den Mund und probiert voller Erwartung. Wir andern platzen fast vor Spannung. Richard verzieht keine Miene.

„Da, Mathilde", sagt er und schiebt die Kasserolle seiner Frau hin. „Wirf sie weg!"

„Was ist?", fragt Mathilde, „Schmecken sie nicht?"

Richard: „Wirf sie weg!"

Nie mehr wurde über die Möglichkeit gesprochen, den Speisezettel mit Schnecken anzureichern. Wie interessant wäre es, zu wissen, ob diese schwarze Schneckenart genießbar ist oder nicht. Nur eines ist klar: Richard hätte die

Schnecken zuerst zwei oder drei Tage hungern lassen müssen. Mit ihrem gesamten Darminhalt konnten sie tatsächlich keine Delikatesse sein.

So vergessen auch ideenreiche Köpfe manchmal eine winzige Kleinigkeit – und gerade sie kann entscheidend sein. Nur gerne darüber reden – das tun sie nicht.

The Law of diminishing Returns

„Kennt ihr Cointreau?"

„Cointreau? Nein, noch nie gehört. Was ist das? Eine Person? Ein Ort oder was?"

Doctor Jones, Chefarzt der Chirurgie in einem Krankenhaus in Ipswich, der aber nach englischer medizinischer Nomenklatur als Chirurg *Mr.* Jones zu nennen wäre, also besagter Mediziner hatte uns zwei Studenten bei unserem ersten abendlichen Gespräch die Frage gestellt, und wir hatten uns als Ignoranten erwiesen.

„Cointreau", sagte er, „ist ein Likör, und zwar, wie schon der Name sagt, ein französischer. Er ist sehr teuer, besonders in England, wo die Alkoholika hoch besteuert werden. Das stammt eben noch aus unserer puritanischen Tradition. Würdet ihr gern ein Gläschen Cointreau probieren?"

Oh, ein großzügiger Mann, der Mr. Jones. Er kannte uns doch erst ein paar Stunden und bot jetzt schon von seinem teuren Likör aus Frankreich an!

„Gern, of course!", kam es wie aus einem Munde.

Mr. Jones schenkte drei Likörgläser ein, und „Cheers!" die Degustation konnte beginnen. Der Likör, dieser kostbare Likör, natürlich nur in homöopathischen Schlucken genossen, rann wie Feuer die Kehle hinab, aber wie himmlisches, den ganzen Menschen aufs angenehmste erwärmendes Feuer. Günter und mir, uns beiden, die damals von Wein noch wenig verstanden, nicht einmal wussten, dass Wein trocken sein könne, uns kam es vor, wir hätten noch nie etwas Köstlicheres getrunken.

Und wie erfreut waren wir, als wir die Gläser geleert hatten und Mr. Jones fragte, ob wir gerne noch ein Gläschen trinken würden.

„Aber ja, keine Frage!"

„Freut mich!", sagte Mr. Jones, „dass ihr meinen Cointreau schätzt. Aber trotzdem denke ich, ist es besser, wenn wir es bei dem einen Glas belassen. Nein, nein, nicht weil dieser Likör so teuer ist, sondern wegen des *law of diminishing returns*. Kennt ihr dieses Gesetz?"

Wieder mussten wir unsere Unwissenheit bekennen.

„Dieses Gesetz besagt, dass man bei der Wiederholung eines schon gehabten Genusses nur noch etwa die Hälfte der ursprünglichen schönen Empfindung hat. Diese Erfahrung ist sehr enttäuschend, ja geradezu bitter, und da ich euch eine solche Enttäuschung ersparen möchte, wollen wir es bei einem Gläschen belassen."

Es muss betont werden, dass die Enttäuschung von uns beiden auch so groß war, sehr groß sogar – freilich über die *gar* nicht gehabte Wiederholung unseres Anfangsgenusses. So konnten wir uns auch nicht vorstellen, dass die Enttäuschung über den wenn auch reduzierten, aber gehabten Genuss so groß gewesen wäre wie die über den gar nicht stattgefundenen. Wie dem auch sei, Mr. Jones war offensichtlich ein sehr kluger Mann, schließlich war er ja Chefarzt.

Aber war er auch, wie wir gedacht hatten, ein großzügiger Mann? Hatte er die kleinen Würstchen, uns beiden Erntehelfer auf seinem Gutshof, den seine Frau betrieb, während er in der Woche in Ipswich Gallenblasen herausoperierte, hatte er uns bloß auf den Arm nehmen wollen? Der Fortgang der Ereignisse zeigte, dass dem wohl nicht so war – das wäre freilich eine neue Geschichte, die allzu deutlich den Geiz des Reichen zur Schau stellen würde.

An einer Straße in Soho

„Would you like to come home?", sagte eine rauchige Frauenstimme zu mir.

Die nicht mehr ganz so junge Dame stand, in einem kurzen, engen Röckchen und mit knallroten Lippen, an einer Straße in Soho. Ich war nicht völlig unvorbereitet; Roger hatte mir gesagt, er wolle mir Soho, die berühmte Rotlichtszene von London, vorführen.

Roger ist Richard Pinneys Neffe. Ich habe ihn aus den Augen verloren und weiß nicht einmal, ob er noch lebt. Damals war er Seekadett in der Royal Navy.

Er hatte mich für einen kurzen Aufenthalt nach London eingeladen, wo wir in der Zweitwohnung seiner Eltern, einem kleinen, gut eingerichteten Flat im Westend, übernachteten. Wir wollten auf der Themse segeln und sonst noch einiges erleben.

An den Segeltörn habe ich zwiespältige Erinnerungen. Ich kannte ja nur die allerelementarsten Grundbegriffe, die Richard Pinney mir zwei Jahre zuvor beigebracht hatte. Mein erster – und zugleich letzter – selbständiger Segelausflug mit seinem Dinghy auf dem Butley River hatte ein schnelles, unrühmliches Ende gefunden: Beim ersten Kreuzen gelang es mir nicht, das Boot rechtzeitig zu wenden, und schon saß ich am Ufer fest und musste, um den Kahn wieder flott zu bekommen, Zuflucht zu den Rudern nehmen. Und jetzt mit einem richtigen Seekadetten der Royal Navy auf der Themse segeln? Ich würde mich unweigerlich blamieren. Doch Roger beruhigte. Er würde in dem kleinen Dinghy, alles selber machen; lediglich beim Kreuzen müsste ich auf sein Kommando das Gewicht verlagern, das sei wirklich alles.

Und genau so kam es auch. Allerdings war es für mich überraschend, wo wir segelten. Themse, lernte ich, ist nicht gleich Themse. Wir segelten nicht auf dem Oberlauf, etwa bei Maidenhead oder Goring-on-Thames, wo der Fluss noch schmal und die liebliche Landschaft wie auf den Bildern von Constable typisch englisch ist; nein, Rogers Segelboot, das der Royal Nayy gehörte und den Kadetten zum Üben diente, lag bei Gravesend im Port of London, dem Hafen. Dort, wo die dicken Pötte aus Übersee ankerten und löschten, die Frachter aus aller Herren Welt, und wo damals auch noch der eine oder andere Überseedampfer einlief und Zwischenstation machte, dort sollten wir kreuzen?

Also zwiespältige Gefühle: Auf der einen Seite fühlte ich mich stolz, in einer kleinen Nuss-Schale in einem der größten Häfen der Welt herumzuschippern, und das Segeln bei angenehmem Aprilwetter, milder Sonne, mäßigem Wind machte ja auch riesigen Spaß. Roger, versteht sich, segelte, und er verstand sein Handwerk. Ich hatte nur die Pflichten eines Mitfahrers. Wir mussten wenden. „Now, right!" sagte Roger. Der Gast verlagerte sein Gewicht nacht rechts, und das Dinghy legte sich in eine scharfe Rechtskurve. Auf dem gegenüber liegenden Ufer Tilbury, die Docks, Kräne, die in den Himmel ragten. Sie mitten im Gewühle. Und das ist auch schon die andere Seite: Das Gefühl, doch nur ein nutzloser *passenger* zu sein, nicht sehr angenehm; dazu mit dem kleinen Untersatz in dem graugrünen, mit Ölflecken verschmutzten Wasser um die riesigen Pötte herumzukurven – nicht zu jeder Sekunde ein erfreulicher Gedanke. Man könnte schließlich auch kentern. Ich kann mich nicht mehr entsinnen, ob wir irgendwelche Rettungsringe an Bord hatten, vermute es jedoch. Auf jeden Fall passierte nichts; wie rammten kein anderes Schiff, wir kenterten nicht, niemand fiel ins schmutzige Themsewasser, niemand wurde nass. Der angehende Seeoffizier Roger war ein exzellenter Segler und ich – offensichtlich – ein exzellenter *passenger*.

Dieser Nachmittag, eine vor allem in der Erinnerung doch überwiegend erfreuliche Erfahrung, die beschwingte, lag nun hinter mir, eine andere hoffentlich nicht weniger erfreuliche Erfahrung stand bevor. Roger hatte mich zum Abendessen in ein Chinarestaurant eingeladen. Ich meine, dass es damals in Deutschland noch keine exotischen Gaststätten gab – und wenn doch, so hatte ich auf jeden Fall noch nie chinesisch gespeist. Zum Glück müsse man nicht mit Stäbchen essen, erklärte Roger, er werde mich bei der Wahl der Speisen beraten. An Details habe ich keine Erinnerung. Aber das ist bei einem Chinarestaurant gar nicht so wichtig. Auch wenn die Karte mit 150 Nummern protzt, so schmecken, wie es scheint, die verschiedenen Gerichte zwar nicht schlecht, aber im Grunde doch immer gleich oder zum mindesten sehr ähnlich.

Dieser Genuss lag noch vor mir, sollte da noch ein weitere unvorher-gesehene Erfahrung auf mich warten? Roger hatte mir ja gesagt, wir würden durch Soho schlendern und diese bestimmte Sorte von Damen sehen, aber nur sehen, und er hatte dazu gesagt, sie dürften nach englischem Recht in der Öffentlichkeit zwar auftreten, aber nicht werben, auf keinen Fall offensiv. Das zwar freundlich klingende „Would you like to come home?" kam mir aber durchaus als Werbung, als überraschende und sehr offensive Werbung vor. Roger wollte mir doch nur London von verschiedenen Seiten zeigen, mich – zugegeben – vielleicht auch mit dem Großstadtleben ein bisschen scho-ckieren; denn ich hatte zwar schon vom Karlsruher Entengässchen gehört, aber noch nie eine leibhafte Prostituierte gesehen, und jetzt lernte ich sie kennen, jedenfalls den Londoner Typ: aufgedonnert, Aufsehen provozierend, aber mit keinesfalls attraktivem, eher abstoßendem Äußeren – nicht nur in wenigen Exemplaren, sondern an allen Straßenecken in Soho und auch mit direkter, mehrmals geäußerter Anfrage. Wollte mich Roger gegen sein Versprechen etwa verführen?

Ich muss gestehen, mir wurde bei dem Gedanken schon etwas schwummrig. Vor meinen Augen tauchte eine kleine Wohnung auf, im zweiten oder dritten Stock eines Viktorianischen Londoner Mietshauses, typisch englisch eingerichtet: mit Kamin im Wohnzimmer, geblümten Teppichböden, viel Plüsch und überall die unvermeidlichen Nippes, daneben das Schlafzimmer mit einem Frisiertisch und dem überdimensionalen Spiegel, davor Lippenstifte und Puderdose und mit dem, wie sehr viele spätere Erfahrungen belegten, unbequemen Doppelbett. Davor eine nicht mehr ganz junge Dame mit rauchiger Stimme, die sich zu entkleiden anschickte und ungeduldig auf den unfreiwilligen Freier wartete. Ein wenig attraktiver, eher unerfreulicher Gedanke. Und sagte da Rogers nicht neben mir: „How much?" Wie, gleich zwei auf einmal? Die Gedanken überschlugen sich, bis mir bewusstwurde, was Rogers mit kühler Stimme wirklich gesagt hatte: „No, thank you very much." Ich atmete tief durch; er wollte mich doch nur schockieren.

Zügig schritten wir aus. Nach einigen Minuten lag das berüchtigte Viertel hinter uns. Jetzt konnte ich mich rückhaltlos auf das chinesische Dinner freuen.

Spätestens in einer Stunde

Noch klang die Bach-Kantate in uns nach. Plötzlich zerbrach ein unangenehmes Geräusch unsere besinnliche Stimmung: Die Zündung schnarrte und schnarrte, ging aber nicht in das bekannte Jaulen über, welches das Ableben der Batterie ankündigt. Also die Batterie konnte es nicht sein, aber sei es, wie es wolle: Der Motor sprang nicht an. Was war bloß mit dem nagelneuen Vectra los?

Gestern Abend waren wir mit unserem in Stanstead gemieteten Vauxhall in Cambridge angekommen, hatten an diesem sonnigen Aprilsamstag einen ausgedehnten Gang durch die historischen College-Anlagen gemacht und vor allem die wunderbaren Glasfenster der King's College Chapel bewundert; jetzt wollten wir den Tag mit dem Konzertbesuch im Jesus College ausklingen lassen. Doch dieser Tag wollte so schnell nicht zu Ende gehen. Die Zündung schnarrte; die Klänge der Bachschen Musik verloren sich von Minute zu

Minute. Draußen fing es zu regnen an; es wurde kalt. Jedes Mal, wenn ich einen neuen Startversuch wagte, glaubten wir, ein anderes, hoffnungsvolleres Geräusch unter der Motorhaube zu hören, doch es blieb eine akustische Täuschung. Die Zeit verging, und guter Rat war teuer.

Just, als unsere Stimmung sich dem Nullpunkt näherte, erschienen zwei junge Engländer, 18 oder 20 Jahre alt. Sollte ich sie um Hilfe bitten? Oder würde ich mich auf etwas Unwägbares einlassen? Ich riskierte es. Ob sie etwas von Automatikautos verstünden? Sie, sehr freundlich: „Ja, ein bisschen", und schon machten sie sich an die Arbeit: Motorhaube auf, Startversuche an irgendwelchen mir unbekannten Hebeln und Leitungen – alle Bemühungen vergeblich. Nichts bewegte sich.

Eine Stunde war schon seit dem Ende des Konzertes vergangen; es war ½10 Uhr geworden, und wir standen immer noch in unserer Parkbucht an der Kreuzung von Jesus Lane, Newmarket Road und Emmanuel Road. Sollte man nicht den Automobilclub zu Hilfe rufen? Warum eigentlich nicht? Die Burschen sagten, sie würden zur nächsten Telefonzelle gehen und anrufen. Nach einer endlos scheinenden Zeit kehrten sie zurück. Doch, der AA würde kommen, spätestens in einer Stunde; es sei leider so viel los auf der Straße. 10 Uhr. Die beiden verabschiedeten sich. Nein, Geld für ihre Hilfe wollten sie nicht akzeptieren. Es freue sie, anderen Leuten zu helfen, und wenn ihnen in Deutschland einmal etwas Ähnliches passieren sollte, würden sie auch gerne Hilfe annehmen. *Ein* Lichtblick an diesem dunkel gewordenen Abend.

Nun hieß es also warten. In spätestens einer Stunde – das könnte ja auch etwas früher sein. Wir unterhielten uns, versuchten, die dumpfe Kälte nicht wahrzunehmen, die langsam von den Füßen in die Beine kroch. Es wurde 11 Uhr, und die Stunde – hatten sie nicht gesagt, *spätestens* in einer Stunde? – also die Stunde war bald um. Seht ihr einen AA-Einsatzwagen? Die Stunde ging vorüber, und immer noch keine Hilfe in Sicht. Gegen ½12 Uhr gaben wir, völlig durchgefroren, auf. Nein, der AA würde nicht mehr kommen; die Burschen hatten uns doch wohl einen Bären aufgebunden. Wir ließen das Auto stehen, nahmen ein Taxi und waren in wenigen Minuten zu Hause. Hätten wir das nicht viel früher machen sollen?

Doch, das hätten wir. In unserem Mietvertrag, den ich sinnigerweise in der Pension gelassen hatte, stand nämlich ein Hinweis, wie ich mich im Falle einer

Panne zu verhalten hätte: eine zentrale AA-Nummer in London anrufen und dort um Hilfe bitten. Also ließ ich einen mitternächtlichen Hilferuf nach London los. Mietvertragsnummer? Problem? Adresse? Ich hatte Mühe, den schottischen Akzent der Dame zu verstehen. Doch, sie würde sofort jemand in Marsch setzen. Sie denke, spätestens in einer Stunde könne ein AA-Mann bei uns sein. Todmüde und entsetzt, noch einmal in die regnerische Aprilnacht hinauszumüssen, schlug ich vor, die Sache auf nächsten Morgen zu verschieben. Und sie möchte doch den von den Burschen alarmierten AA, der auch nach einer reichlichen Stunde noch nicht aufgetaucht war, vorsorglich stoppen. „O.K., wird gemacht, und um 9 Uhr morgen früh wird ein AA-Mann in der Tennison Avenue sein." Erschöpft sank ich ins Bett. Mein letzter Gedanke: Ob der AA heute Vormittag wirklich auftauchen würde?

Noch saßen wir, kurz vor 9 Uhr, am Frühstückstisch, als es läutete. Ob hier ein Mr. Vester wohne? Freudig sprang ich auf. Spätestens in einer Stunde würden wir unsere Reise fortsetzen können: Die Kathedralen von Norwich, Peterborough, Ely, reizvolle Ziele standen an diesem Sonntag auf dem Programm, einem Tag, der wieder strahlend geworden war. Ein drahtiger, freundlicher AA-Mann lud mich in seinen Einsatzwagen; in wenigen Minuten waren wir in der Emmanuel Road. An der Windschutzscheibe unseres Vauxhall klebte ein verregneter Zettel: „Waren um 10.30 Uhr da; falls Sie noch Hilfe brauchen, nehmen Sie mit dem AA Kontakt auf!" Wie? Kurz vor ½12 Uhr hatten wir ein Taxi gestoppt, und um ½11 wollte der AA hier gewesen sein? Ein Rätsel – bis, ja bis uns klar wurde, Samstag vor einer Woche hatte die Sommerzeit begonnen, und der Mann hatte vergessen, die Uhr in seinem Auto um eine Stunde vorzustellen. Er war offensichtlich von der Zentrale in London nicht mehr erreicht worden, war um ½12 Uhr doch noch gekommen und hatte uns um wenige Minuten verfehlt.

Nun, das war schief gegangen, aber jetzt hatte wir ja den neuen AA-Mann bei uns; der schritt auch sofort zur Tat: Wie die Burschen am Abend zuvor öffnete er die Motorhaube, setzte die gleichen Hebel in Bewegung wie sie; er öffnete alles, was es zu öffnen gab, prüfte alles, was es zu prüfen gab; bitte, fragt mich nicht, wie die Sachen heißen; ich kann weder die deutschen noch die englischen Bezeichnungen für alle Hebel und Schläuche sagen, die er in die

Hand nahm: er prüfte wirklich alles. Dann erklärte er, und dieses Mal sogar schon nach einer halben Stunde:

„Sorry, ich kann den Fehler nicht finden; der Wagen muss abgeschleppt werden."

„Abgeschleppt? Ja, wohin denn? Wir müssen doch heute weiter und brauchen dringend einen Ersatzwagen."

„Wohin? Das kann ich noch nicht sagen; es ist ja Sonntag, und die Werkstätten in Cambrige haben natürlich alle zu. Ich muss mit meinem Office telefonieren."

Auf dem Bahnhof führte unser AA-Mann mehrere Telefonate – mit seinem Office, mit Europcar in London und nochmals mit dem Office.

„Also, der Wagen muss nach Stanstead abgeschleppt werden. Dort erhalten Sie einen Ersatzwagen. Der Abschleppwagen ist aber im Einsatz, er kommt in spätestens einer Stunde."

„Was wieder zurück zum Flughafen?", frage ich entgeistert, „da sind wir doch am Freitagabend erst hergekommen."

„Nichts zu machen, es ist die nächstgelegene Verleihstation. Der Abschleppwagen kommt in spätestens einer Stunde. Er kann Sie alle mitnehmen; das wird am einfachstem sein."

Der freundliche AA-Mann fuhr mich zurück zur Pension. Spätestens in einer Stunde würde der Abschleppwagen bei uns sein.

In der Zwischenzeit war es ½11 Uhr geworden, morgens ½11 Uhr natürlich, und wir warteten, in der freundlichen Morgensonne auf der Tennison Avenue hin- und herschlendernd, auf das AA-Fahrzeug. Noch war keine Stunde vergangen, da bog ein gewaltiges Monstrum in unsere Straße ein. Der Fahrer, ein freundlicher, gelassener, älterer Mann in khakifarbigem Monteuranzug und mit kecker Baskenmütze, pensionierter Berufssoldat, lud uns mitsamt unserem Gepäck auf sein Gefährt. Ab zur Emmanuel Road.

Dort stand unser Vauxhall in seiner Parkbucht – wie der AA-Mann mit einem Blick erkannte, unzugänglich für den Abschleppwagen. Also musste ich das Auto zuerst aus der Parkbucht rückwärts auf die Straße und hinter den Abschleppwagen steuern; die anderen, versteht sich, mussten schieben. Die unfreiwillige Fahrt nach Stanstead verlief durchaus interessant. Wir sahen die Gegend, die wir in der vorvergangenen Nacht durchfahren hatten, jetzt im

Sonnenschein. Ich führte mit dem Fahrer ein anregendes Gespräch, fragte dies und jenes, auch nach der Modeerscheinung der jugendlichen Autodiebe, die vor

allem Topautos klauen und dann zu Schrott fahren. Ich lernte dabei eine sehr konservative, aber weit verbreitete Einstellung kennen: „Unsere wachsweichen Gesetze, die Burschen werden viel zu lasch behandelt; eine Tracht Prügel würde ihnen gut tun", und so weiter.

Nach etwa einer Stunde – schon wieder eine Stunde! – näherten wir uns dem Flughafengelände und fanden auch nach einigem Hin und Her die

Parkplätze von Europcar. Am Schalter der Autovermietung wussten sie schon Bescheid, und sehr schnell hatte ich die Schlüssel zu einem Ersatzwagen in der Hand. Wir packten unsere Koffer um, unser AA-Mann half uns, und dann setzte ich mich ans Steuer. Schrott, sie hatten mir einen Schaltwagen gegeben, während ich doch einen mit Automatik gemietet hatte. Also zurück zu Europcar. Nach einigem Suchen händigten sie mir andere Schlüssel aus; sie passten zu einem – glücklicherweise – nicht ganz so neuen Automatikwagen, der seine Kinderkrankheiten sicherlich schon abgelegt hatte, und so packten wir unter tatkräftiger Hilfe unseres Freundes und Helfers zum dritten Mal an diesem Tag unser Gepäck um. Der AA-Mann

Ely Cathedral

16

sagte: „Erst wenn ich sehe, dass euer Wagen sich in Bewegung setzt, mache ich mich auch auf den Weg; ich werde heute sowieso keinen Einsatz mehr fahren." Schon ging es auf 2 Uhr nachmittags zu, und endlich konnten wir wieder in Richtung Cambridge starten; Norwich und Peterborough waren längst gestrichen, nur der Besuch von Ely war gerettet.

Eine Fahrt auf dem Abschleppwagen von Cambridge nach Stanstead – mit allem Drum und Dran: eine nette Geburtstagsüberraschung für Johanna! So schnell wird sie den 4. April 1993 nicht vergessen.

I have seen enough Ruins today

Ostern 1963 – meine erste Begegnung mit Rom: endlich! Die englische Schülergruppe, mit der ich unterwegs war, wohnte in einer einfachen Pension an der Ecke der Via Labicana und dem Viale Scalo S. Lorenzo, ganz in der Nähe der Stazione Termini bei der Porta Prenestina. Die Engländer hatten Vollpension gebucht, was sich bei den Besichtigungen als sehr hinderlich herausstellte; es war sehr zeitraubend, jeden Tag zum Mittagessen die Stadt wieder zu verlassen und sich Richtung Termini abzusetzen. Um Zeit für Besichtigungen zu sparen, verzichtete ich mehrmals auf den Lunch und nahm dafür ein Esspaket mit.

Mein Zimmer ging auf einen dreieckigen Innenhof, müsste also fern vom Straßenlärm eine ruhige Nacht verbürgen. So dachte ich in meiner Naivität, wurde aber schon in der ersten Nacht mit römischen Bräuchen vertraut gemacht, die mich völlig überraschten. Ich musste gerade eingeschlafen sein – so gegen Mitternacht, als plötzlich mit lautem Getöse Scherben klirrten. Ich fuhr auf; hatte mir jemand die Fensterscheibe eingeworfen? Aber nein, im vierten Stock war dies ja kaum möglich. Den klirrenden Scherben folgte Geschrei. Ich sah zum Fenster hinaus: aus mehreren Wohnungen schauten Leute heraus und schimpften. Ich konnte die italienischen Schimpfwörter zwar nicht verstehen, aber die Lautstärke und die Gestik waren unzweideutig. Im Hof, das konnte man im Licht des Mondes sehen, lagen grüne Scherben. Mir dämmerte: Das war die römische Weise, leere Weinflaschen zu entsorgen; man warf sie einfach in den Hof, und irgendjemand würde sie schon beseitigen. Wenn ich an meiner Deutung noch Zweifel hatte, wurde dieser spätestens eine

Viertelstunde später beseitigt: Das Ritual wiederholte sich, und nicht nur einmal am späten Abend: Klirren von Scherben, Öffnen der Fenster, lautes Gezeter. Glücklicherweise kamen irgendwann auch die hartnäckigsten Zecher zur Ruhe.

Leider hatte die Sache noch ein Nachspiel: In der Frühe, als ich nach der kurzen Nacht gern noch ein Weilchen geschlafen hätte, hörte ich wieder Gezeter und klirrendes Glas. Nein, keine frühen Zecher, das wenigsten nicht. Aber der Hausmeister fegte die Glasscherben zusammen, reagierte seinen Ärger über die zusätzliche Arbeit mit lautem Schelten ab und warf den Kehricht unter Gepolter in den Mülleimer. Wenn er schon arbeiten musste, sollten die anderen auch nicht weiterschlafen! Unnötig zu sagen, dass sich dieses Schauspiel jeden Abend und jeden Morgen wiederholte: ein echtes römisches Ritual, das die Nachtruhe der Besucher systematisch verkürzte. Um sich daran zu gewöhnen, war unser Aufenthalt – eine Woche – offensichtlich zu kurz.

Am ersten Morgen machte sich die Gruppe nach dem kargen italienischen Frühstück zu Fuß auf den Weg, die Stadt kennenzulernen. Mr. Williams, ein Altphilologe, und Mr. Forster, ein Anglist, führten: Santa Maria Maggiore, Piazza Venezia, Quirinal, Fontana di Trevi, Spanische Treppe; man gewann einen Eindruck. Nach dem Lunch drückte Mr. Williams jedem Teilnehmer einen Zettel mit der Überschrift „Places of Interest" in die Hand. Ich machte ein etwas überrachtes Gesicht. Was bedeutete das? Es handelte sich um keinen Plan vorgesehener Besichtigungen, sondern einfach eine Aufzählung der wichtigen Stätten und Monumente. Der Sinn des Zettels wurde mir jedoch schnell klar: Von Stund an waren die englischen Reiseleiter nur noch bei den Mahlzeiten zu sehen – und das nicht einmal immer. Von Führung in Rom, das was ich mir erhofft hatte, keine Spur! Die Schüler konnten sehen, wie sie mit Rom fertig wurden

Zwei glückliche Umstände kamen dann zusammen, den Aufenthalt doch erfolgreich zu gestalten. Ich hatte wenigstens meinen Hülsen-Rast dabei, und ich gewann zwei hochbegabte, hochmotivierte Oberstufenschüler als ständige Begleiter. Gemeinsam eroberten wir Rom, und ich stelle mir vor, dass diese eigene Erkundung letztlich viel wertvoller war, als wenn man uns ex officio von Besichtigung zu Besichtigung geschleppt hätte. Nur frage ich mich heute noch, was mit all den Schülern geschah, die nicht diese Motivation hatten wie meine zwei Kumpels – hat sich Rom für sie auch gelohnt?

Von den zahlreichen Gebäuden und Monumenten, die wir besuchten, wurde mir Santa Constanza am liebsten. Jedes Mal, wenn ich später wieder nach Rom kam, habe ich die Rundkirche an der Via Nomentana aufgesucht und die Mosaiken bewundert, die den Übergang von der heidnischen zur christlichen Welt so augenfällig wie sonst selten demonstrieren. So verging die Woche im Fluge; danach dauerte es 16 Jahre, bis ich wieder – mit der Familie und später mit drei verschiedenen Leistungskursen – nach Rom kam.

Bevor aber diese Osterfahrt des Jahres 1963 zu Ende ging, machte die Gruppe noch einen Abstecher in den Süden: Neapel, wo wir bloß übernachteten und am Morgen unseren Bus ausgeraubt fanden, Herculaneum und Pompei die Ziele. Der Ostersonntagmorgen gehörte Herculaneum. Der Eindruck war überwältigend: die Stadt, von der Lava zerstört und gleichzeitig konserviert – man mochte sich kaum trennen. 16 Jahre danach wollten wir dann mit der Familie von Positano aus Herculaneum besichtigen, für mich wäre es ein willkommenes Wiedersehen und gleichzeitig Entdecken der neuen Ausgrabungen gewesen. Wir fuhren an unserem letzten Tag mit der Circumvesuviana von Sorrento nach Ercolaneo und trafen die ganze Stadt auf den Beinen – was war da bloß los? Als wir zu der Ausgrabungsstätte kamen, wurde uns die Bedeutung des Menschenauflaufs schnell bewusst: An der Eingangstür hing ein nicht zu übersehendes Plakat: *sciopero - strike*. Kein Wächter zeigte sich, den wir wie zum Beispiel in der Villa Tiberii auf Capri hätten bestechen können. Nein, unsere ganze Fahrt mit Bus und Eisenbahn war umsonst gewesen. Wir funktionierten den Tag zwar noch zu einer fantastischen Wanderung über die Berge nach Positano um, aber das Wiedersehen mit Herculaneum blieb mir bis heute versagt.

Doch noch bin ich nicht mit der Osterreise 1963 fertig. Für den Nachmittag stand Pompei auf dem Programm. Wir kommen an, stehen vor dem Eingang, und ich traue meinen Ohren nicht. Nein, nicht auch etwa *sciopero* oder *chiuso*; nein ich höre etwas ganz anderes:

„I am going to have coffee now, I have seen enough ruins today!" Englische Laute, ich schaue hin: Ach, Mrs. Williams sagt das zu Mrs. Forster oder auch umgekehrt; beide lassen die Gruppe stehen und marschieren los Richtung Restaurant.

Ich war sprachlos und habe bis heute diese umwerfende Formulierung nicht vergessen. Einmal nach Pompei kommen und dann Kaffee trinken – auch ein Erlebnis!

Lotte

Eine schlichte Grabplatte aus hellem Marmor. In bronzefarbenen Lettern die einfache Aufschrift:

CINI

LIESELOTTE geb. RIETH (1914-1994)

CHARLES (1907-1979)

Wieder einmal stehe ich vor diesem Grab und sinniere. Ein italienischer Familienname, ein deutscher Vorname, ein deutscher Nachname, ein englischer Vorname – ein Rätsel für jemanden, der die Geschichte nicht kennt. Die Namen rufen Erinnerungen wach, Erinnerungen an zwei Begegnungen.

Lieselotte Rieth – sie hieß einfach Lotte – war um 1935 in jungen Jahren nach England gegangen. Ich vermeide den Ausdruck „emigriert". Es ist kaum denkbar, dass politische Gründe sie bewogen, ihr Heimatdorf zu verlassen; ihr Vater war zwar Parteigenosse, aber ganz gewiss keiner, der die Tochter provoziert hätte, Deutschland zu verlassen. Lotte hatte Humor, war zeit ihres Lebens unternehmungslustig, ging liebend gern zum Tanzen, ganz besonders zu den rustikalen Bällen der dörflichen Fastnacht. Sie war keine Verfolgte. Aus ihren Erzählungen entnahm ich, sie habe einfach die engen Grenzen eines 4000-Seelen-Dorfs nicht akzeptieren wollen. Und wenn sie schon ging, dann gleich richtig, nicht bloß bis zur nächstgrößeren Bahnstation, sondern über drei Grenzen und über den Kanal hinweg nach England, und so anheimelnd altertümlich die Dörfer dort auch sein mögen, sie hat es nicht aufs Land gezogen, sondern sofort in die Millionenstadt.

Ich weiß es nicht, stelle mir aber vor, Lotte fand vielleicht in London eine Stelle als Kindermädchen. Wenn ich ihr späteres Leben betrachte, könnte es aber auch denkbar sein, dass sie in einer der unzähligen kleinen Pensionen arbeitete, vielleicht in einem der berühmten „Bed-and-Breakfast-Häuser", die sich in England wie Sand am Meer finden und in den *good old days* so preisgünstig zur Übernachtung einluden. Tanzen konnte man in London immer, auch wenn man noch über keine Begleitung verfügte, wie man es heutzutage so nett oder manchmal auch verschämt formuliert. Jedenfalls lernte Lotte – und das muss sich ziemlich schnell ereignet haben – einen etwa 30-jährigen Mann kennen, Charles Cini, der zeit seines Lebens auf Charlie hörte. Auch er war trotz seines englischen Namens eingewandert, war aber als Malteser von Geburt britischer Staatsbürger. Ob seine Eltern ihn womöglich auf den Namen Carlo hatten taufen lassen? Charlie war gelernter Friseur und mit seinem Einmanngeschäft in Brixton verfügte er über ein zwar bescheidenes, aber doch verlässliches Auskommen. Lotte und Charlie heirateten noch vor Ausbruch des Kriegs. Lotte wurde britische Staatsbürgerin. Es erscheint mir im Rückblick dennoch nicht ausgeschlossen, dass die Heirat in Lottes Heimatdorf über die Bühne ging; denn so begierig sie sich gezeigt hatte, die heimischen Fesseln zu sprengen, so schnell, wie sie sich im fremden Land eingelebt hatte – genau so schnell und wie sie es nie erwartet hatte, entstand und wuchs bei ihr das Heimweh. Schlimm wurde es, als der Krieg zwischen Deutschland und England wütete: eine Deutsche mit britischem Pass sozusagen zwischen den Fronten.

Als in Großbritannien das Leben sich in den 1950er Jahren wieder normalisierte, eröffnete Lotte in ihrem Haus in Brixton eine kleine Pension. Hier begegnete ich ihr zum ersten Mal. Auf unserer Hochzeitsreise verbrachten wir eine Woche in London und hatten bei ihr Quartier bezogen; Bekannte hatten uns auf diese Möglichkeit aufmerksam gemacht.

Tagsüber durchstreiften wir die riesige, damals schon multikulturelle Stadt. Wir besichtigten mit großer Ausdauer die wichtigsten Sehenswürdigkeiten: Westminster Abbey, die National Gallery, die Tate, St. Paul's, das Britische Museum am Russel Square, den Tower, im East End St. Batholomew the Great, eine hochmittelalterliche Pfarrkirche. Sie ist mir auch deshalb besonders im Gedächtnis geblieben, weil zehn Jahre nach Kriegsende dort, in der Nähe der Docks, noch zahlreiche Gebäude in Trümmern lagen und uns unübersehbar die Schrecken des deutschen Bombenkriegs vor Augen führten.

Abends begegneten wir dem Krieg in anderer Form. Als wir bei Lotte die Trümmer erwähnten, fing sie an, uns ihre Erfahrungen als britische Deutsche im Krieg zu schildern. Dieser Wahnsinn habe sie fast um den Verstand gebracht. Zum Glück sei sie nicht interniert worden; sie hatte ja den britischen Pass.

„Aber natürlich", sagte sie, „bin ich mit meiner ‚schwäbischen' Aussprache des Englischen aufgefallen, manchmal haben mich Unbekannte auch angerempelt oder sogar beleidigt. Das empfand ich jedoch nicht als das Schlimmste. Viel schlimmer waren die Nächte, als der ‚Blitz' über uns kam. Vor allem im East End, aber auch in der City fielen unzählige Bomben. Da wir in England kaum Keller haben, starben viele Londoner. Am schlimmsten war es jedoch im Spätjahr 1944, als die V1 und später die V2 ohne große Vorwarnung angeorgelt kamen und ohne klares Ziel irgendwo in der Stadt explodierten – eine Art Zufallsprinzip. Wir in Brixton sind im Großen und Ganzen gut über die Runden gekommen, aber die Angst war immer präsent. Genau so schlimm war die psychische Dauerbelastung, dass jetzt die Grenzen zwischen England und Deutschland dicht waren. Mehr als fünf lange Jahre bestand keine Verbindung mit der Heimat. Keine Nachricht. Keine Briefe. Keine Telefonate. Nur das Radio. Die BBC brachte die Bombardierungen der deutschen Städte als britische und amerikanische Erfolge groß heraus; oft fielen die Namen Karlsruhe und Stuttgart, ein zweifelhaftes Vergnügen für mich. Ich erinnere mich noch gut, wie schockiert ich war, als die BBC im Februar 1945 die Zerstörung Pforzheims meldete. Über 300 Bomber hätten sie eingesetzt, sagten sie ganz offen. Das muss die Hölle gewesen sein. Eine furchtbare Zeit für mich, und ich war überglücklich, als sich die Grenzen öffneten und ich zum ersten Mal wieder heimatlichen Boden betreten konnte. Pforzheim lag noch halb in Trümmern, aber bei uns im Dorf war zum Glück kaum etwas passiert."

Nach dieser Stippvisite in Brixton hörten wir im Dorf ab und zu diese oder jene Neuigkeit über Lotte: Sie seien umgezogen nach Streatham, einen südlicheren, ruhigeren Vorort. Charlie habe sein Geschäft aufgegeben, er sei in Rente, und sie hätten eine größere Pension eröffnet. Ihr „Bed-and-Breakfast-Haus" war im Ort allmählich bekannt geworden, und viele Hiesige stiegen jetzt bei einem Londonaufenthalt dort ab. Lotte kam auch recht oft zu Besuch, aber das erfuhren wir selten, bis 1979 das Gerücht die Runde machte, ihr Charlie sei auf dem hiesigen Waldfriedhof bestattet worden. Doch, doch, seine Urne sei dort beigesetzt. Als wir Jahre später zum zweiten Mal ein paar Tage bei Lotte wohnten, erfuhren wir von ihr Einzelheiten. Charlie sei, kaum in Rente, an

Krebs erkrankt und nach einigen Jahren des Kampfes gestorben, und sie hätten beschlossen, die letzte Ruhe für sie beide in ihrer Heimat zu suchen.

„Die prinzipielle Genehmigung vom Rathaus", fuhr sie fort, „hatten wir erhalten. Damit war jedoch klar, dass praktisch nur Feuerbestattung in Frage kam. Ihr müsst wissen, in England erhält die Familie die Urne des Verstorbenen und kann frei darüber verfügen. Wir kennen eine Pfarrfrau, welche die Asche ihres toten Mannes um seine Kirche herum – nicht begrub, nein – verstreute. Also lud ich, als Charlie gestorben war, die Urne meines Mannes ins Auto und machte mich auf den Weg in die Heimat. Der deutsche Zoll kontrollierte mich an der belgisch-deutschen Grenze. Sie wollten wissen, was ich im Kofferraum hätte, und ich antwortete wahrheitsgemäß ‚meinen Charlie'. Die haben mich vielleicht angeguckt, als ob sie eine Bekloppte vor sich hätten. Doch ich zeigte Ihnen meine Papiere. Alles in Ordnung. Da ließen sie mich fahren. So ist Charlie in meiner Heimat beerdigt, und ich werde ihm folgen, doch eilen tut es mir nicht."

Es eilte ihr tatsächlich nicht, und sie überlebte ihren Charlie um 15 Jahre. Als sie mit 80 Jahren starb, konnten wir an der Trauerfeier und der anschließenden Urnenbestattung teilnehmen.

So wird an ihrem Grab die Vergangenheit lebendig, die Erinnerung stellt sich ein an eine Frau, die es fertigbrachte, über Grenzen hinweg in zwei Ländern ihre Heimat zu haben.

Englischer Humor – oder was sonst?

Ob wir es noch schaffen würden? Noch war es frühe Mittagszeit, und der Weg zum Gipfel konnte höchstens eine gute Stunde dauern. Aber es regnete – nein, nicht in Strömen, wie man vermuten könnte. Es goss auch nicht – es regnete in dünnen Fäden. Aber der Sturm! Er wütete in wilden Stößen, zerrte an uns, warf uns fast um und peitschte den Regen waagrecht gegen den Berg, in die Gesichter der Wanderer – wie mit hunderttausend Nadeln oder mit diamantscharfen Eiskristallen. Kein Gore-Tex und kein Sympatex hielten stand. Der Regen stand wie eine Wand, drang in alles, was Öffnung war: Augen, Ohren, Nase, lief zwischen Kragen und Hals in Bächen hinunter, kroch innen die Ärmel hinauf, arbeitete sich durch Hosenbeine und Wanderstiefel. Nebel kam auf, wehte zuerst in gespenstischen Schwaden vorbei, verdichtete sich von Minute zu Minute und ließ Weg und Steg in düsterem Grau verschwinden. Ab und zu tauchte von oben ein Schemen aus der nassen Wand auf, gewann für einen Augenblick Gestalt und verlor sich wieder im Nebel. Spaß machte es schon lange keinen mehr, doch unerbittlich ging es weiter – Schritt um Schritt.

Aber warum sich in eine solche Lage hineinmanövrieren? Und wieso nicht jetzt noch umkehren? Nun, zu diesem Zeitpunkt waren wir nicht mehr Herr unserer Entschlüsse. Wir hingen am Berg, Teil einer englischen Wandergruppe, ihr auf Gedeih und Verderb angeschlossen. Am frühen Morgen hatte der Himmel sein schönstes Blau ausgegossen, hatte die herrlichsten Aussichten vorgegaukelt. So lief allen schlechten Wettervorhersagen zum Trotz die einmal geplante Bergwanderung an, die Wanderung zum König der Berge. Doch nach zwei Stunden Marsch erschienen Regenwolken am Himmel – und wir, *einmal* in dieser herrlichen Bergwelt, hatten *doch* noch auf ein strahlendes Wunder gehofft.

Stattdessen bohrte sich die Frage immer tiefer in unser Gehirn ein: Würden wir es noch schaffen? Bei allem Frust: Wenigstens gab die Gruppe etwas Geborgenheit – im Augenblick der einzige Trost. Ach nein, noch ein anderer Lichtblick: Die zusätzlichen Regenumhänge im Rucksack – diese könnten, *über* die Anoraks gezogen, dem Regen vielleicht etwas trotzen. Hinter einem Felsen suchten wir zwei Schutz gegen die Sturmböen, um die Capes umzuhängen. Es war schier unmöglich. Die Ärmel wehten und flatterten, und erst nach minutenlangem Kampf hatten wir es geschafft. Doch die Enttäuschung folgte auf dem Fuße: Nicht in erster Linie, weil die Umhänge, wie Bettlaken auf der Wäscheleine im Winde flatterten und völlig versagten – nein, die *Gruppe* war weg, war im Nebel verschwunden! Wir standen im Regen und im Sturm – mutterseelenallein. Zum Glück hatten wir wenigstens die Zahnradbahnlinie erreicht, die zum Gipfel führte; wenn wir ihr folgten, konnte uns eigentlich nicht viel passieren. So kämpften wir als Solisten weiter; unsere Stimmung war mies, und – unter Ausblendung gewisser Südtirolerlebnisse – redeten wir uns immer wieder ein, zu Hause hätten wir nie eine so unsinnige Bergtour unternommen. Nach mehr als einer guten Stunde erreichten wir dann, sozusagen schwimmend, eine Steinpyramide: den ersehnten Gipfel, das Ziel. Wir hatten es geschafft – *und*: Wir waren geschafft!

Das also war er, der König der Berge. Das Panorama vom Gipfel sei „dramatisch, fantastisch, superb, überwältigend, grandios" – mit einem Wort „unvergesslich". So hatte man es uns geschildert, und so steht's in allen Reiseführern. Höchstens im Kleindruck bekommt man dann zu lesen: „Vorausgesetzt das Wetter ist schön" – und gleichsam noch einen Schriftgrad kleiner, „was jedoch selten der Fall ist." Doch wer nimmt eine so abschreckende Fußnote schon zur Kenntnis? Aber jetzt ließ es sich nicht mehr leugnen: Heute war nicht unser Tag! Wir standen oben, genau 2955 Fuß über dem Meer, auf dem Snowdon, dem höchsten Berg von England und Wales. Und statt der grandiosen Aussichten: nichts als Regen und Nebel, Nebel und Sturm, Sturm und nasse Kälte. Die Welt war untergegangen; es gab nur noch Schemen: die Gipfelpyramide, die Bergbahnstation, das Gipfelrestaurant und dahinter graues Nichts. Wir hatten es geschafft, hatten nicht schlapp gemacht, hatten die höchste Spitze erklommen; doch Frust, Frust, Frust: Wie der König der Berge aussieht, das ist uns bis heute ein Rätsel geblieben!

Noch ist die Geschichte aber nicht zu Ende. Einige Minuten vor uns hatte die Gruppe den Gipfel erreicht. Der Bergführer zählt:

„Eins, zwei, drei, vier ... elf, zwölf, dreizehn. By Jove! Es fehlen zwei; ich muss mich verzählt haben."

Nein, Tom, du hast dich nicht verzählt; es fehlen wirklich zwei. Ihr habt sie verloren.

Tom noch einmal: „Eins, zwei, drei, vier ... ."

„The Germans are missing", ruft einer.

Verdammt, die Deutschen fehlen! Was tun? Sie suchen? Aber wo? Lieber warten? Frust also auch hier. Exakt in diesem kritischen Augenblick lösen sich zwei müde Gestalten aus dem Nebel. Thanks heaven, die Verlorengegangen! Sichtbare Erleichterung auf allen Gesichtern, ganz besonders bei Tom – und, wen wundert's, nicht weniger bei uns, den Spätheimkehrern.

Der Abstieg auf einem kurzen, sehr steilen Pfad und über glitschige Steine war beschwerlich, geradezu riskant. Doch alles ging gut, bald wagte sich auch – noch etwas schüchtern – die Sonne zwischen den Wolken hervor. Im Tal, nun wieder unter blauem Himmel und fast schon getrocknet, versammelte sich die Gruppe im Kreis und diskutierte, auf den Bus wartend, den Tag. Ich kann mich nicht zurückhalten, ich stichle: „Wenn jetzt noch jemand sagt, die Wanderung habe ihm Spaß gemacht, muss er einen sehr merkwürdigen Humor besitzen!" Engländer sind in Sachen Humor ja schwer berechenbar – aber es reagierte keiner. Wer schweigt, behauptete Cicero in kritischer Lage, stimme zu. So fühlte ich mich bestätigt, fühlte mich in meinen Gefühlen im Einklang mit der Welt. Später im Bus vernahm man ab und zu Gesprächsfetzen. Eine Frauenstimme im typisch englischen Diskant drang klar und vernehmlich an mein Ohr: „Oh, I really enjoyed it!" Was sagt sie – mir hat es wirklich Spaß gemacht? War das – unbewusste oder trotzige – Reaktion auf die freche Frotzelei des Ausländers, beredtes Zeugnis für skurrilen englischen Humor, oder war es Lust an elementarer Selbstkasteiung, vielleicht gar alles zusammen? Auch dieses Rätsel vom Snowdon harrt bis zum heutigen Tag der Lösung.

WEATHER PERMITTING - YOU WILL GET THE MOST FANTASTIC VIEWS!

II. My Heart is in the Highlands

Klärung der Fronten

Ich musste es ihr unbedingt sagen, und zwar möglichst rasch. Wir gingen an einem warmen und sonnigen Oktobersonntag an der Küste von Aberdeen spazieren, Sarah MacKay aus Sutherland, hoch oben im Nordwesten Schottlands, wo es im Sommer kaum Nacht und im Winter kaum Tag wird, wohl etwas älter als ich, mit guter Figur, deutlich keltischen Gesichtszügen und einer merkwürdig klaren, fast deutsch anmutenden Aussprache des Englischen, also Sarah MacKay und ich, ein Student aus Deutschland, der sich wie sie gestern bei Mr. Kinsman in Aberdeen in der Crown Street 145 einquartiert hatte. Da wir im Augenblick noch die einzigen Gäste waren, hatte der Landlord uns beide zum schottischen Sonntagsdinner an einem Tisch zusammengesetzt; wir hatten uns gut unterhalten und uns schließlich zu einem Erkundungsgang in der Umgebung der Stadt verabredet. Schon beim Mittagessen war mir jungem Spund klargeworden, dass Sarah und ich mich gut verstehen könnten, dass wir in Crown Street 145, wo ich bis Ostern 1944 bleiben würde, sicher Freunde würden.

Ich musste es ihr aber unbedingt sagen, nur wie – zumal noch in der fremden Sprache, die ich zwar schon ganz ordentlich beherrschte und die mir doch noch nicht in allen Situationen so geläufig von den Lippen kam, wie ich es mir gewünscht hätte. Von vornherein musste ich ihr klarmachen, musste ihr sagen, dass ich, na ja, dass ich schon vergeben war, dass ich zu Hause jemanden zurückgelassen hatte und dass nichts zwischen uns beiden sein würde, nichts außer, dass wir während unserer gemeinsamen Zeit in Aberdeen Freunde sein könnten. Ich musste ihr ja nicht gleich verraten, dass ich mich gerade erst auf der Fahrt nach Großbritannien versprochen hatte und deshalb jetzt schrecklich Heimweh verspürte, Sehnsucht nach der Liebsten – nein, das musste ich nicht preisgeben, zum mindesten jetzt nicht, das war noch mein Geheimnis, aber das Allgemeinere sollte ich als reine Vorsichtsmaßnahme schon anbringen. Aber wie, ohne plump zu wirken?

Schließlich fand sich eine Gelegenheit, ganz harmlos und natürlich von der *fiancée* zu Hause zu reden und die *message* anzubringen: Gott sei Dank, von meiner Seite waren die Fronten geklärt! Wenig später kam dann die „Retour-kutsche", eine durchaus glückliche Wendung: Sarah, welche die Botschaft sehr wohl verstanden hatte, machte auch ihrerseits die Fronten klar: Sie brachte Pat Blakeman, der in London arbeitete, ins Spiel, ihren *fiancé*. Glücklicher hätte die Situation gar nicht sein können: Hier zwei einsame Herzen in Aberdeen, ihre Verlobten weit, weit weg, und jetzt, mit geklärten Fronten, in der Lage, sich als Freunde gegenseitig zu „trösten".

Dies taten wir auch im nächsten halben Jahr zusammen mit weiteren Leuten unseres Alters, die in der Crown Street einzogen, in freundschaftlichem Umgang: bei gemeinsamen Tanzereien, Kinobesuchen, Spaziergängen und Wanderungen, mal in dieser, mal in jener Kombination. Nur: In das Pub brachten sie mich nie.

Auch im Regen lässt es sich wandern

Pfingsten 1990: Friedel, ein Lehrerkollege, Johanna und ich mit einer britischen Gruppe auf großer Wanderung in den schottischen Bergen, hoch oben im Norden, jenseits von Inverness. In der ersten Woche führte Dorothee, die Chefin von C-N-Do Scotland Ltd, in der zweiten Alec, ein pensionierter Polizist. Am 30. Mai bestiegen wir den Ben Alligen, eigentlich nur einen Tausender, doch dies von Meereshöhe aus – anstrengend und doch das schönste Geschenk zu meinem 60. Geburtstag. Die Aussicht auf Berge, Meer und Lochs traumhaft: Scotland at its best. Doch die Sonnentage bleiben in den Highlands nie allzu lange: Regentage und Regennächte schieben sich dazwischen, und schon ist man heilfroh, wenn sich daraus kein tagelanger Landregen entwickelt. Während die erste Woche mit uns gnädig umging, litten drei Wanderungen der zweiten Woche unter der Wirkung langanhaltender Regengüsse:
- Cul Mor, app. 8 mls (13 km),
- Walk from Cape Wrath to Oldshoremore via Sandwood Bay, app. 14 mls (22 km),
- Ascent of Ben Hope, Scotland's most northerly Munro, app. 9 mls (14 km).

Die Wanderung zum Cul Mor, die unmittelbar vor dem Gipfel wegen des verheerenden Wetters abgebrochen werden musste, haben Friedel und ich nicht mitgemacht; ich hatte Knieprobleme und war sehr froh, eine Entschuldigung zu haben:

Cul Mor - ein Moor ist dieses nicht,
ein Berg, voll Glanz im Sonnenlicht,
vorausgesetzt, dies ist vorhanden
und wird nicht nächstens schon zuschanden,
wenn Schottlands Himmel kräftig schnieft
und Weg und Steg vor Nässe trieft.
Zum See sich wandelt jetzt der Berg,
im Sturm fühlt sich der Mensch als Zwerg.
Sinnvoll ist es, man bleibt zu Haus,
denkt einen Zeitvertreib sich aus.
Doch nicht die Briten, die sind tough,
kein Bergpfad ist für sie zu rough,
sie ziehen ohne Murren ab,
Cul Mor - den nehmen sie im Trab.
Helmut und Friedel steigen aus,
Regen am Berg – o welch ein Graus!
Johanna lässt sich nicht verdrießen,
will Schottland, wie es ist, genießen.
Will sie gar Deutschlands Ehre retten
und abends stolzerfüllt sich betten?
Kurz – Alec geht sie auf den Leim
und kehrt als Wasserratte heim.
Es trieft das Haar, es trieft der Schuh,
Cul Mor im Sturm – das war der Clou.

Ähnliches ereignete sich am Ben Hope, doch dieses Mal unter Einschluss des „starken" Geschlechts. Es hätte aber auch kaum ein Entrinnen gegeben; denn der letzte Tag war Reisetag: außer im Minibus – und wer wollte in dem schon stundenlang warten – gab es keine Bleibe. An Ben Hope habe ich logischerweise nur wenige Erinnerungen: Regen, Nebel, Kälte, keinerlei Aussicht, Lunch gleichsam unter einer Gießkanne stehend. Auf alle Fälle haben wir aber, nachdem Johanna und ich für ganze kurze Zeit im Nebel verloren gegangen waren, die Steinpyramide auf dem Gipfel doch noch berührt und damit einen weiteren Munro (also einen Tausender) zu unserer bisherigen Sammlung hinzugefügt. (Ich fürchte, dieser Satz klingt schon sehr schottisch!)

Die Wanderung von Cape Wrath zur Sandwood Bay fand zwar bei gutem Wetter statt, ist jedoch in zweifacher Hinsicht bemerkenswert. Wir übernachteten in Durness in einer kleinen Pension. Der Auftakt gestaltete sich schon merkwürdig. Jeanette, eine Tontechnikerin des BBC, und Friedel waren die Einzigen, die Einzelzimmer gebucht hatten. Der schottischen und damit sparsamen Inhaberin der Pension wollte jedoch nicht recht einleuchten, warum sie für zwei Einzelpersonen zwei Zimmer opfern sollte. Die könnten doch gut in einem Doppelzimmer nächtigen? So fragte sie Jeanette ganz direkt:

„Are you really a definite single?"

„Yes, of course", antwortete Jeanette sehr bestimmt, „ich will doch nicht mit einem fremden Mann im Zimmer schlafen."

Damit erübrigte sich die Nachfrage bei Friedel!

Vom Abend bis in den frühen Morgen regnete es ununterbrochen, doch am Morgen sah der Himmel nicht mehr ganz so drohend aus. Die Wanderung von Cape Wrath konnte also stattfinden.

Cape Wrath ist der nördlichste Zipfel von Schottland im Westen, hohe Klippen mit einem großen Leuchtturm. Von Durness aus nur mit der Fähre oder mit Minibus zu erreichen. Die Wanderung zur Sandwood Bay führt an der Küste entlang, nicht etwa auf einem Fußpfad oder gar einem Wanderweg, nein, einfach über Stock und Stein, konkret: über Weideland und über all die kleinen Bäche, die sich von den Höhen aus ins Meer ergossen. Das Gras war von dem Dauerregen völlig vollgesaugt und immer wieder mit kleinen und großen Pfützen übersät. Die Stiefel begannen sehr schnell nass zu werden. Die ersten Gewässer überquerten wir noch recht bequem; schließlich handelte es sich doch um eine vielfach erprobte Wanderung. Aber es dauerte nicht allzu lange, als wir an einen Bach kamen, der gar keiner mehr war: Der langanhaltende Regen in der Nacht hatte ihn zu einem breiten und vor allem tiefen Fluss umgewandelt. Damit hatte Alec nicht gerechnet. Er borgte sich meinen Teleskopstock und prüfte die Tiefe: Nein, das sei unmöglich, hier an der Küste den Fluss zu überschreiten. Wir müssten ins Landesinnere marschieren, immer dem Flusslauf entlang, bis dieser so viel an Tiefe verloren hätte, dass er überschreitbar wäre. Was bei Alec überschreitbar bedeutete, wussten wir schon von einer früheren Gelegenheit: Stiefel und Strümpfe aus, dann Stiefel wieder an und, um festen Halt zu haben, mit den Stiefeln durch den Bach waten, danach Stiefel wieder aus, ausleeren, die trockenen Strümpfe an und zum Schluss wieder die Stiefel. Aber im Grunde war das gleichgültig, denn die Stiefel quietschten jetzt schon von dem vielen Wasser, das zu allen Öffnungen hineinlief. Bloß, bis es dieses Mal zum Ausziehen der Stiefel kam, sollte es eine ganze Weile dauern.

Wir marschierten fast eine Stunde flussaufwärts, hier natürlich erst recht über Stock und Stein. Mein Wanderstock diente immer wieder als Tiefen-messer; nein, immer weiter. Schließlich erreichten wir eine Stelle, wo der Fluss so schmal geworden war, dass wir darüber springen konnten – also doch nicht die Prozedur mit dem Aus- und Anziehen der Wanderstiefel? Wie sich sehr schnell herausstellen sollte, hatten wir uns freilich zu früh gefreut. Doch Alec war guten Muts, oder zum Mindesten tat er so. Er zeigte uns auf der Karte den nächsten Fluss, den wir überqueren mussten, aber der hatte landeinwärts – etwa auf der Höhe, wo wir jetzt schon waren – eine Brücke, und dann gab es ganz zum Schluss an der Sandwood Bay noch einmal einen Fluss, aber der hatte eine sehr breite Mündung und sei sehr leicht zu überqueren – also beste Aussichten! Wir marschierten nach dem Kompass los, Richtung Brücke und wir fanden die Stelle auch tatsächlich. Leider hatte die Sache einen kleinen Haken: Die Brücke existierte nicht mehr; wir sahen nur noch ein paar lose Kabel an der Stelle, wo man laut Karte den Fluss hätte überqueren sollen. Groß die Enttäuschung aller!

Auch Alec zeigte sich nicht sehr begeistert, um nicht zu sagen, ratlos. Logischerweise versuchten wir auch hier flussaufwärts zu gehen. Da der Fluss sich aber gerade an dieser Stelle durch ein sehr enges Felsenbett zwängte, erwies sich dies als undurchführbar. „Also“, sagte Alec, „marschieren wir Richtung Küste. Dort können wir leichter über den Fluss kommen.“ Wieso Alec das annahm, habe ich bis heute noch nicht verstanden. Wir hatten doch bei dem ersten Fluss schon gesehen, dass er desto tiefer wurde, je mehr Bäche er auf seinem Weg zum Meer aufnahm. Aber Alec war unser Führer, und so marschierten wir los. Wie ich es erwartet hatte, flossen immer mehr Bäche in unseren Fluss, er schwoll an und wurde ersichtlich immer breiter und tiefer. Ich muss ganz offen gestehen: Stunden von Cape Wrath jetzt entfernt und wenig Aussicht, über das Wasser zu kommen, stimmte mich nicht sehr freudig.

Wir waren schon eine ganze Weile marschiert, als ein englischer Wanderfreund angerannt kam, und zwar von hinten:

„Alec, wir haben eine Stelle entdeckt, wo wir den Fluss durchqueren können: komm, guck dir's mal an!"

Alec schaute etwas zweifelnd, schließlich hatten wir die Stelle ja auch passiert und nichts von einer Furt bemerkt. Alec ging zurück, mit meinem Stock, prüfte die Tiefe und winkte uns. Wir marschierten also zurück, die Furt lag an einer Biegung, die wir offensichtlich weiträumig umgangen hatten. Jetzt kam die Schuhprozedur, die aber, wie schon gesagt, im Grunde vollkommen unnötig war: unsere Füße schwammen auch schon so. Das Wasser floss sehr ruhig, reichte dem langen Alec bis an die Knie, das ging also. Zufällig hatte ich an dem Tag eine Badehose eingepackt, konnte also meine Wanderhose vor der Nässe schützen. Wir fassten uns an den Händen und überquerten so, je nach Größe bis über die Knie im Wasser, den Fluss. Gott sei Dank, dieses Hindernis war geschafft! Jetzt sollte es auch nicht mehr so weit zur Sandwood Bay und der leichten Überquerung dort sein.

Der Kompass geleitete uns auch ohne weitere Schwierigkeiten an das Ziel. Der Fluss zeigte sich natürlich auch dort nicht ganz so harmlos, wie Alec uns, um uns nicht zu entmutigen, vorgeredet hatte. Er war breiter als sonst, reißender als sonst, auch etwas tiefer, aber immerhin doch nur bis an die Waden. Wir durchquerten ihn, uns an den Händen haltend, in Gruppen. Die gegenseitige Stütze erwies sich als dringend notwendig, weil die Strömung außerordentlich stark war und man sofort schwindlig wurde, wenn man auf das schnell fließende Wasser sah.

Endlich: Sandwood Bay; wir hatten es geschafft. Die Sonne schien, der Sand war trocken und lud zum Sitzen ein. Wir hielten eine ausgiebige, nur etwas spät ausgefallene Siesta. Alec muss ein Zentnerstein vom Herzen gefallen sein, als wir wieder Festland erreicht hatten. Nach Oldshoremore, wo uns der Minibus erwartete, mussten wir nach ausgiebiger Pause noch ein halbes Stündchen marschieren. Beim Abendessen verriet uns Alec, dass unser durch die Regenfälle erzwungener Ausflug ins Landesinnere die 22-Kilometer-Wanderung zu einem Marsch über 30 Kilometer verwandelt hatte. Ich glaube, auch wenn er es uns nicht gesagt hätte, unsere müden Glieder hätten es trotzdem gewusst.

Diese Wanderung blieb der Höhepunkt; denn trotz aller Schwierigkeiten hatte sie Spaß gemacht. Der nächste und letzte Tag gehörte dem Ben Hope; dieser Gang fand, wie schon erwähnt, zwar statt, aber Nebelwanderungen im Gebirge gehören eigentlich nicht zu meinen Lieblingsbeschäftigungen.

Cul Mor (849 m)

Ben Alligin (986 m)

Sandwood Bay

Cape Wrath

III. Im Land der unbegrenzten Möglichkeiten

Einige Abstecher in die USA

104 Proof

Doch, gehört hatten sie schon davon. Einige meinten, sie hätten im Department einmal die berühmte Heinrich-Spoerl-Verfilmung mit Heinz Rühmann gesehen, aber getrunken hatten sie noch keine. Was lag für mich, Gastprofessor an der Universität in Athens, näher, als meine amerikanischen Studenten bei der winterlichen Semestereinladung in deutsche Gemütlichkeit einzuführen und sie mit einer Feuerzangenbowle zu bewirten? Ja, so schien es, was lag näher?

Beim näheren Überlegen kamen freilich gewisse Zweifel. Schließlich kannten wir Barricks „Schloss" zur Genüge, ein Haus, in dem sonst neben den Eltern sechs Kinder hausten, die nichts, aber auch nichts heil gelassen hatten: keinen Tisch, keinen Stuhl, kein Bett, kein elektrisches Gerät – eben nichts. Barricks „Schloss", in welchem wir ein Jahr wohnen mussten, war – eine Geschichte für sich – das mieseste Haus im weiten Umkreis. Man hätte es getrost in eine Slum-Gegend verpflanzen können; es wäre kaum aufgefallen. So hatten wir natürlich keine vernünftigen Utensilien zur Verfügung: kein Stövchen, keinen feuerfesten Kupfertopf, keine Feuerzange und – wofür das „Schloss" nun nicht verantwortlich zu machen war – auch keinen Zuckerhut. Zudem war der im puritanischen Georgia hochbesteuerte Wein teuer, sehr teuer sogar, und harte Sachen, wie etwa Rum, erst recht. Nun, so überlegten wir, einmal konnte man sich eine solche Extravaganz schon leisten, zumal wir aus dem weniger puritanischen Florida von unsrer Weihnachtsreise einen halb so teuren Fünf-Liter-Kolben Rotwein mitgebracht hatten – zwar gesetzeswidrig über die Staatsgrenze, aber er war da, und man sah es ihm auch nicht an, dass er nach Georgia geschmuggelt worden war. Statt des Stövchens konnte man Bunkerlichter verwenden, statt eines feuerfesten Kupfertopfes einen hundsgewöhnlichen Suppentopf, statt der Feuerzange eine Gemüsereibe und statt des Zuckerhuts kunstvoll aufgeschichteten Würfelzucker. Ja, so konnte es gehen, so musste es gehen. Und so ging es auch!

Barricks Salon lag im anheimelnden Kerzenschein. Im Kochtopf auf dem Tisch in der Mitte des Zimmers dampfte der in der Küche erhitzte Rotwein. Im Kreis drum herum saßen 15 Studentinnen und Studenten, voller Erwartung. Der Salon war *das* Zimmer, welches noch am ehesten den Eindruck erweckte, aus dem Inferno der Barrickkinder irgendwie heil davongekommen zu sein. Wie überall fiel man direkt mit der Tür ins Haus – ein aus England uns wohl-bekannter Grundriss, der ja nicht im Geringsten störte; was störte, waren andere Dinge. Diese hatten wir freilich nicht gleich bemerkt, weil wir, um ja der guten Stube keine Schäden zuzufügen, um dieses Zimmer einen weiten Bogen machten und das Haus immer durch die Hintertür betraten, die unmittelbar in die Küche führte. Nur bei Einladungen trat der Salon in Tätigkeit, und dabei hatte man eines Tages Unerquickliches entdeckte: Ein Gast ließ sich genussvoll in einen Sessel fallen und sprang sofort wieder mit einem Schmerzensschrei hoch; eine spitze Sprungfeder hatte ihn, sagen wir einmal, unsanft an seinem Hinterteil berührt. Sofa wie Sessel waren so durchgesessen, dass überall bei Benutzung – mehr oder weniger dramatisch – besagte Sprungfedern durch den Stoffbezug drangen. Wir versuchten die schlimmsten Stellen mit Kissen und Decken abzufedern. Wenn man davon absieht, dass am Klavier einige Tasten nicht mehr zu bewegen waren, gab es im Salon wenigstens sonst keine unangenehmen Besonderheiten mehr. Aber wie gesagt, der Salon war ja auch im Vergleich zum übrigen Haus geradezu ein „Showroom" – also durchaus nicht ungeeignet für eine stimmungsvolle Feuerzangenbowle!

Barricks Salon lag im anheimelnden Kerzenschein. Ich begann zu zele-brieren, goss einen guten Schuss Rum über den Berg von Würfelzucker und zündete ihn an. Da geschieht etwas Unerwartetes! Vielleicht vermutet der Leser, dass eine Stichflamme mir die Haare versengt oder mich womöglich in Brand gesetzt hätte. Das wäre schlimm gewesen, nicht auszudenken! Nein, nichts dergleichen passierte. Ganz im Gegenteil: Der Rum fing zwar Feuer, aber die Flamme erlosch auf der Stelle. Ich dachte, ich hätte zu wenig Rum genommen, goss nach und zündete noch einmal an – doch das gleiche Spiel wiederholte sich: Eine blaue Flamme oder eher ein mickriges Flämmchen züngelte auf und erstarb. Deutsche Feuerzangenbowle für seine amerikanischen

Studenten, im Seminar großartig angekündigt – und nun diese Pleite! Wo bleibt denn die deutsche Kultur?

Aufgeregt fragte ich mich, was da bloß passiert sein musste? Am Morgen hatte ich den Rum gekauft, eine ganze Flasche. Natürlich weiß ich, dass man für Feuerzangenbowle hochprozentigen Rum braucht, mit mindestens 54 Prozent Alkohol. Ich hatte dies der Verkäuferin auch klargemacht, und sie hatte eine Flasche angeboten, 104 *proof,* die sei richtig. Klar, 104 Prozent dachte ich in einem unreflektierten Übersetzungsversuch, der musste auf jeden Fall reichen. Und jetzt die Enttäuschung! Natürlich war ich nicht bereit, gleich aufzugeben, und erzählte den Studenten von meinem Kauf. Sie fingen an zu lachen. 104 *proof* – was ich mir darunter vorstelle? Etwa mehr als 100 Prozent Alkohol in einer Flasche? Nein, das gehe ja nicht. 100 *proof* sei eben die Messzahl für den Normalgehalt von Alkohol im Schnaps, im allgemeinen 50 Prozent des Volumens – wie es schien, für die Feuerzangenbowle nicht stark genug. Einer der Studenten erbot sich, schnell noch zum abends geöffneten Wine Shop zu fahren und – Dank sei den liberalen amerikanischen Laden-öffnungszeiten – ein Mini-Fläschen Rum mit 120 *proof* zu holen; der Herr Professor solle damit die Flamme starten und sie dann mit dem weniger alkoholhaltigen Rum am Leben erhalten. So geschah es auch, die Party konnte mit Verspätung steigen. Sobald die Flamme auf bläulich schaltete, erhielt sie wieder eine Blutauffrischung mit dem 120er Rum. Die kleine Flasche reichte gut, auf diese Weise den ganzen Zuckerberg zu verbrennen: der Abend war gerettet, und so war doch noch deutsche Kultur unter die amerikanischen Studenten gekommen!

Doch eine Frage muss noch erlaubt sein. Wieso hatte der Rum mit 104 *proof,* also 52 Prozent Alkohol nicht gebrannt? Lag das wirklich an den zwei Prozentpunkten, die gegenüber dem 54er europäischen Stroh-Verschnitt fehlten? Nein, daran lag es nicht. Wir hatten uns bei 104 – einer so enorm hohen Zahl – Wunder was für einen Alkoholgehalt vorgestellt und wollten unsre Gäste, die ja ausnahmslos mit dem Auto nach Hause fahren mussten, nicht betrunken machen. So hatten wir in der Annahme, den Rum trotzdem auf Brenn-Niveau halten zu können, ihn vorher mit einem Drittel Wasser versetzt – oder verlängert, wie man will; die Folge war unübersehbar!

Diesen Teil der Geschichte erzählten wir unseren Gästen wohlweislich nicht, und bei weiteren Feuerzangenbowlen in jenem Winter wussten wir, was zu tun war: Rum mit 104 *proof* bewährte sich durchaus - aber unverdünnt!

Von der Dialektik des Lebens

Auf den Kopf gefallen?

„Sag mal, was hast du denn da? Du blutest ja!"

Johanna untersuchte Mechthilds Kopf. Tatsächlich. Mechthild hatte im Hinterkopf einen Riss, einen kleinen Riss, aber er blutete immer noch etwas.

„Was ist denn passiert?"

„Hingefallen, von einer Mauer herunter", sagte Mechthild, aber viel mehr war aus ihr nicht herauszubringen.

Johanna hängte sich ans Telefon und fragte bei Erika Lewis nach, ob sie wisse, was genau passiert sei; Mechthild hatte an diesem Nachmittag mit den drei Lewismädchen in deren großen Garten gespielt.

„Ja, stimmt", sage Mrs. Lewis, „sie ist von einer Mauer gefallen, aber nicht sehr hoch; es kann ihr nicht viel passiert sein."

„Sie hat aber einen kleinen Riss im Hinterkopf und blutet noch etwas. Was meinen Sie, was sollen wir machen?"

„Also, sie hat bestimmt keine Gehirnerschütterung; die Mauer ist ganz nieder. Aber wenn es immer noch blutet, gehen Sie lieber in eine chirurgische Praxis und lassen nachschauen." Sie empfahl uns einen Unfallchirurgen.

Gesagt, getan. Wir fuhren sofort los. Ich weiß nicht mehr, ob wir warten mussten, aber ein Unfall hat ja normalerweise Vorfahrt – vielleicht kamen wir gleich dran. Der Arzt untersuchte die Platzwunde.

„O.k., ist nicht schlimm. Sie hat bestimmt keine Gehirnerschütterung, aber den Riss wollen wir doch lieber nähen."

Er legte Mechthild auf einen Schragen. Sie weinte nicht. Sie jammerte nicht. Sie sprach kein Wort. Der Doktor machte ein Spritzchen und nähte die Wunde mit zwei oder drei Stichen. Mechthild tat immer noch nicht ihren Mund auf.

„O.k., schon sind wir fertig. Die Kleine war ja bewundernswert brav. Ach, wenn doch bloß alle kleinen Mädchen, die in meine Praxis kommen, Deutsche wären! Um wie viel ruhiger wäre das Leben eines amerikanischen Unfallchirurgen!"

War jetzt Mechthild wirklich so tapfer, oder lag es bloß daran, dass ihr die richtigen amerikanischen Wörter noch nicht zur Verfügung standen? Wie dem auch sei: Mechthild machte einen Pluspunkt für Deutschland, und wenn sie auch an jenem Nachmittag von der Mauer flog – auf den Kopf ist sie deshalb noch lange nicht gefallen!

Mein Fuß ist zu lang

„Mutti, Mutti, mein Fuß, mein Fuß!"

„Was ist denn mit deinem Fuß, Mechthild?"

„Mein Fuß ist zu lang! Er tut furchtbar weh."

Mechthild war beim Spielen gekniet, und jetzt war ihr Fuß zu lang. Sie jammerte zum Erbarmen. Johanna hob sie auf:

„Stell dich doch hin; du wirst sehen, es geht wieder."

Mechthild stand auf einem Bein und streckte das andere steif von sich.

„Ich kann nicht stehen, ich kann nicht, mein Fuß ist zu lang."

Johann trug Mechthild ins Bad und machte ihr einen kalten Umschlag um das Bein. Kein Zureden und kein Umschlag – nichts half. Mechthild jammerte und jammerte; es war zum Herzerweichen, und allmählich bekamen wir es tatsächlich mit der Angst zu tun. Hatte sie sich beim Knien das Bein gebrochen? Wir waren ratlos. Zum Glück kam gerade Erika Lewis, um ihre Mädchen abzuholen, die an diesem Nachmittag bei uns gespielt hatten. Wir fragten sie um Rat, und sie schlug vor, eine orthopädische Praxis aufzusuchen.

Wir meldeten uns an und fuhren los. Der Arzt betastete das Bein. Mechthild jammerte. Es muss ihr furchtbar weh getan haben.

„Ich kann nichts finden. Wir müssen röntgen", so der Arzt.

Er machte die Röntgenbilder, von vorn und von der Seite.

„Ich kann auf den Bildern nichts sehen. Ich weiß wirklich nicht, was mit dem Bein los ist. Sie soll sich halt ausruhen, und wenn es nicht besser wird, kommen Sie wieder. Dann sehen wir weiter, o.k.?"

Unverrichteter Dinge fuhren wir also wieder nach Hause. Der Fuß war immer noch zu lang, und Mechthild konnte immer noch nicht stehen oder gehen. Johanna brachte sie ins Bett, warum auch nicht; es war ja schon Abend geworden.

Irgendwann brach der neue Morgen an. Mechthild hüpfte aus dem Bett und – kein Schrei ertönte, sondern ein Freudenruf:

„Mutti, der Fuß ist nicht mehr zu lang." Es war alles, alles wieder gut.

Wir wissen bis heute nicht, was Mechthild an jenem Nachmittag so schrecklich geplagt hat. Wir vermuten, es war, ausgelöst vom langen Knien beim Spielen, ein schlimmer Krampf im Bein, aber wir wissen es wirklich nicht. Ob sie es heute erklären kann? Auf jeden Fall wäre es schlimm, wenn der Fuß für immer zu lang geblieben wäre; Krankengymnastin hätte Mechthild dann bestimmt nicht werden können.

In Hitze und Winterkälte – und das alles Ende Juni

Ein Tag für den Grand Canyon

Ja doch, zwei Tage sollte man für einen Fußmarsch zum Colorado River einrechnen – inklusive *einer* Übernachtung in der Phantom Ranch. Auf- und Abstieg in einem Tag sei zu beschwerlich. Man bedenke doch, der Aufstieg von rund 1500 Meter sei nicht der Anfang, sondern der Schlussteil der Wanderung, und im Canyon selbst könne es bis zu 120° Fahrenheit heiß werden.

Die Auskunft des Rangers im *Visitor Center* in der Nähe des Campingplatzes entsprach genau dem, was wir in dem Faltblatt des *National Park Service* über den Marsch zum Colorado hinab gelesen hatten. 120° Fahrenheit – wie viel war das wieder in Celsius? 99° war Fiebertemperatur; soviel wusste ich noch von Englandaufenthalten. Also musste Winfried rechnen. 120° – das sind rund 50° Celsius; in der Tat, ganz schön happig. Deshalb sollte man auch mindestens eine Gallone Wasser pro Mann und Tag mitnehmen. Eine amerikanische Gallone – das wusste ich wiederum vom Tanken – fasst nicht ganz vier Liter. Da würde man tüchtig zu schleppen haben. Ein Glück, dass die nicht die „imperiale Gallone", die englische, meinten. Die wäre ja mit ihren 4½ Litern noch schwerer gewesen. Außerdem besaßen wir ohnedies keine Trinkflaschen mit solchem Messinhalt.

Am Tag vor unserem Trip in den Grand Canon hatte die Familie einen gemeinsamen Gang am *Kaibab Trail* unternommen. Dort trafen wir eine Gruppe mit Mauleseln, die vom Colorado kam und gerade eine Pause einlegte. Da wir – der männliche Teil der Familie – an einer Wanderung zum Colorado interessiert waren, nahmen wir Kontakt auf. Sie hatten in der *Phantom Ranch* übernachtet. Wie es denn sei auf Mauleselsrücken? *„Well"*, sagte eine ältere Dame, „am ersten Tag kann man nicht mehr sitzen, am zweiten nicht mehr stehen und am dritten nicht mehr liegen." Nein, das war nichts für uns. Wir würden die Sache zu Fuß anpacken.

Ob man den Marsch zum Colorado und zurück wirklich nicht in einem Tag bewältigen könne, fragten wir den Ranger im *Visitor Center*. Schließlich waren wir doch alle geübte Wanderer. Zu Hause unternahmen wir regelmäßig Streckenwanderungen im Schwarzwald; einmal waren wir doch immerhin 38 Kilometer an einem Tag marschiert, und der Weg zum Canyon hinunter war höchstens 10 Kilometer lang. Also ob man unbedingt zwei Tage nehmen müsse. Nun, meinte der *Ranger*, wenn man bergerfahren und in guter Kondition sei, könnte man es schon in einem Tag riskieren. Man sollte sich nur früh am Morgen auf den Weg machen, sich Zeit nehmen und für genügend Trinkvorrat sorgen. Das klang schon besser. Bergerfahren waren wir ja gerade nicht, aber eben wandererfahren. Wir würden es in einem Tag machen.

Dabei hatte ich leider eines vergessen. Kondition ist etwas, was sich nicht konservieren lässt. Wir waren schon fast ein Jahr von zu Hause weg – und in den USA hatten wir wenig Gelegenheiten zum Wandern gehabt. In Athens gab es nur zwei Stellen, wo man zu Fuß gehen konnte: im *Memorial Park* und im Botanischen Garten. Im *Memorial Park* konnte man einen kleinen See umrunden, man brauchte dazu höchstens 20 Minuten, kam also, wenn man zuerst in die eine Richtung ging, dann in die Gegenrichtung und noch einmal zurück auf eine knappe Stunde. Der Botanische Garten war noch nicht ausgebaut, ein kleines Waldstück mit mehreren Fußwegen; wenn man sie alle miteinander verband, kam man noch nicht einmal auf zwei Stunden. Wollte man mehr leisten, musste man 40 Kilometer südlich zum *Oconee River* oder 100 Kilometer nördlich in die *Appalachian Mountains* fahren. Am *Oconee* konnte man einige Kilometer am Fluss entlang marschieren; wir taten dies zweimal im ganzen Jahr. In den Bergen gab es dagegen reichlich Wandergelegenheit, aber mindestens 200 Kilometer Fahrt pro Wandertag schien uns auch nicht gerade der Weisheit letzter Schluss zu sein. Auch hier fuhren wir nur dreimal hin, gleich zu Beginn noch im heißen August in den *Vogel State Park*, das zweite Mal Anfang Oktober, um den berühmten *Indian Summer* zu erleben und doch nicht zu finden, weil wir zu früh gekommen waren, und noch einmal am ersten Wochenende im Mai, um Winfrieds 14. Geburtstag zu feiern. Das war aber auch alles. Nichts, gar nichts, um Kondition zu halten. Als wir uns entschlossen, den Grand Canyon in einem Tag zu bewältigen, hatte ich diese Tatsache schlicht vergessen.

Am nächsten Morgen, einem Samstag im Juni, machten wir uns in aller Herrgottsfrühe auf den Weg: Volkhart, Winfried und ich. Als wir zum *Yaki Point* kamen, dem Einstieg in den *Kaibab Trail*, ging gerade die Sonne auf und tauchte das Gestein in ein helles, leuchtendes Gelb. Am Abend vorher hatten wir den Sonnenuntergang über dem Canyon beobachtet: die Felsmassen – eine einzige Farbsymphonie, die sich kaum in Worte fassen lässt. Rot, rotbraun und violett herrschten vor. Maler hätte man sein müssen.

Der Morgen war ganz anders: die noch schrägen Sonnenstrahlen verwandelten die Felsen in ein einziges Flammenmeer. Noch war es kühl. In der Nacht hatte es sogar leicht gefroren; um nicht zu sehr unter der Kälte zu leiden, hatten wir in unserem *Tent Trailer* das elektrische Heizöfchen einschalten müssen. Jetzt schritten wir rüstig aus, die Rucksäcke mit Vesperbroten und Getränken gefüllt; allerdings drei Gallonen – so viel hatten wir, wie schon gesagt, nicht dabei, im letzten Teil der Wanderung sollte es ja Wasserstellen geben.

Wir schritten flott aus, von Stufe zu Stufe abwärts. Das Licht wandelte sich von Minute zu Minute, und schon wärmte auch die Sonne. Nach zwei Stunden hatten wir etwa acht Kilometer zurückgelegt und erreichten den sogenannten *Tip*, die letzte Stufe hoch über dem Colorado, aber immer noch 800 Meter über dem Talgrund. Von da ging es auf einem Zickzackweg steil und schnell hinunter. Etwa um 8 Uhr erreichten wir bei der *Kaibab Suspension Bridge*, einer Fußbrücke, den Fluss. Der Colorado war reißend und fast grün.

Die Sonne kam noch nicht in den schmalen Canyon. Vor der gefürchteten Hitze im Canyongrund blieben wir somit verschont.

Wir sahen hinüber in Richtung *Phantom Ranch*. Sollten wir über die

Brücke gehen und sie besichtigen? „Nein", sagen die Kerle, „wir wollen so schnell wie möglich wieder den Rückweg antreten." Also marschierten wir einen knappen Kilometer am Fluss entlang. Es war gegen ½9 Uhr, als wir den Einstieg in unseren Pfad für den Rückmarsch erreichten, den *Bright Angel Trail*, der den Nordrand mit dem Südrand verbindet. Bergauf – steil, steil – ging es erheblich langsamer. Wir wussten, auf halber Höhe befindet sich eine schattenspendende Oase, *Indian Garden*. Zwischen *Indian Garden* und der Straße sollten die Wasserstellen sein, so dass man also mit Trinken keine Schwierigkeiten haben würde.

Etwa nach einer halben Stunde, es war schon heiß geworden, stießen wir an einer Biegung des Pfades auf ein Pärchen. Das Mädchen lag am Wegesrand und atmete schwer. Der junge Mann beugte sich über sie und versuchte, ihr Schatten zu spenden. Ich erkundigte mich, ob sie Probleme hätten. Ja, sagte der junge Mann, sie hätten in der Phantom Ranch übernachtet, und seine Freundin habe vor ein paar Minuten einen Kreislaufkollaps erlitten. Sie könne nicht mehr gehen. Zu trinken hätten sie auch nichts mehr. Was tun? Ich bot dem Mädchen den Rest meines Schwarztees an – *Indian Garden* würde ich schon noch schaffen und dort Wasser tanken können –; vielleicht würde er ihren Kreislauf stabilisieren. In der Oase würden wir die Ranger verständigen, sie sollten mit einem Maulesel zu Hilfe kommen. Der Tee schien etwas zu helfen, das Mädchen nahm ihre Umgebung wieder wahr. Wir machten uns auf den Weg und erreichten *Indian Garden* gegen 11 Uhr. Dort verständigten wir die Ranger, sie sagten uns, es sei nichts Seltenes, dass jemand im Canyon einen Kreislaufkollaps bekomme. Sie würden sich gleich mit einem Maulesel auf den Weg machen.

Wir lagerten uns in der schattigen Oase am Fuße der gewaltigen, fast senkrecht aufsteigenden Felswand des *Battleship*, besorgten uns Wasser und hielten eine ausgedehnte Mittagsmahlzeit. Ich schlug vor, in der Oase zu warten, bis die Sonne hinter der hohen Felswand verschwinden würde, in vier oder fünf Stunden vielleicht; im Schatten wäre es viel, viel leichter, die letzten paar Kilometer anzugehen.

Unsere Kerle lachten nur: „Was sollen wir denn hier unten fünf Stunden warten? Wir wollen Weltrekord machen. Nein, nein, wir warten nicht hier unten."

Ich probierte es noch einmal: „Wir könnten doch so lange Skat spielen. Mir wäre es lieber so." Winfried hätte ich vielleicht damit locken können, doch Volkhart hatte sich noch nie viel aus Kartenspielen gemacht:

„Nein, wir wollen losmarschieren; die paar Kilometer – das ist doch nichts!"

Schließlich willigte ich ein. Es war ja wirklich nicht mehr weit, und Wasser gab es unterwegs noch genug.

Ich will es kurz machen. Die letzten Kilometer wurden für mich zur Tortur: Das mangelnde Training und der hohe Wasserverlust durch die große

Hitze führten zu Krämpfen in den Oberschenkeln. Diese steigerten sich von Minute zu Minute; wir fanden zwar an den verschiedenen Quellen reichlich Trinkwasser, aber ohne Zusatz von Mineralien half das keineswegs, verursachte höchstens ein unangenehmes und unanständiges Gluckern im Bauch. Alle paar hundert Meter musste ich stehen bleiben und entspannen; die Distanzen wurden immer kürzer, und zum Schluss schlich ich nur noch und schleppte mich meterweise nach oben. Um ½2 Uhr erreichten wir die Straße.

Die Kerle strahlten: „Das war Rekord!"

Über die Paintbrush Divide

Wir stießen auf den ersten Schnee, zunächst einzelne Flecken da und dort, dann auch auf dem Wanderweg. Damit hatten wir gerechnet. Durch die Beschreibung der Route in unserem Führer waren wir vorgewarnt; auf etwa 3000 Meter Höhe würden wir auf Eis und Schnee treffen. Diese Höhe hatten wir nach einem Marsch von rund drei Stunden noch nicht erreicht, stiegen also immer noch bergan. Die Schneeflecken wurden von Minute zu Minute größer, wuchsen allmählich dicht zusammen und schlossen sich zu einer durchgehenden Decke.

Wir befanden uns auf unserer großen *Grand-Teton*-Wanderung zum *Lake Solitude*, in einem der herrlichsten Nationalparks in den USA. Der See liegt auf 3000 Meter Höhe und kann vom *Jenny Lake* aus auf zwei Wegen erreicht werden: über den *Cascade Canyon Trail* zu den *Forks* und dann die *North Fork* entlang oder über *den Indian Paintbrush Trail*. Der *Paintbrush Trail* führt allerdings über einen Pass, der noch einmal 600 Meter über dem See liegt. Theoretisch könnte man auch die Tour als Rundwanderung machen – im Ganzen 20 Meilen, also etwa 36 Kilometer, mit einem Höhenunterschied von über 1100 Meter. Ich sage theoretisch, denn das wäre schon eine recht anstrengende Tour, und die Grand-Canyon-Wanderung lag ja noch nicht so arg weit zurück! Außerdem: Was stand im Führer über den *Lake Solitude*? „Bis zur zweiten Juliwoche ist der See in der Regel noch gefroren, und der Pfad von den *Forks* ist bis zum Beginn dieses Monats noch mit Schnee bedeckt – jedenfalls streckenweise." Und vom See sollte es ja noch einmal 600 Meter zum Pass aufsteigen. Wie gesagt, theoretisch könnte man also eine sehr lange Rundwanderung machen, aber doch nicht im Juni! Trotzdem erkundigten wir uns – *just in case* – in der Rangerstation am *Jenny Lake*, unserem Ausgangspunkt, nach der Situation dort oben. Ja, natürlich, der *Lake* sei noch gefroren, und wir müssten auch mit Schnee rechnen, aber zum See könne man schon kommen.

„Und über den Pass?"

„Ja, auch, aber nur mit einem Eispickel."

Nun, den hatten wir natürlich nicht dabei, wir waren sogar nur mit festen Wanderhalbschuhen unterwegs. Also zum See würden wir es schon schaffen, aber auf keinen Fall über die *Paintbrush Divide*.

Somit war auch entschieden, welchen der beiden Canyons wir wählen würden. Wir hatten ja die kleine Strecke des *Cascade-Canyon-Trail* an einem der Tage vorher mit der ganzen Familie schon ausprobiert – bis hin zu den *Hidden Falls* und zum *Inspiration Point*, hin und zurück knappe zehn Kilometer. Bei diesem Gang hatte uns ein ungeheurer Elch erschreckt, ein „prähistorisches" Ungetüm, so schien es uns; das unter lautem Krachen des Unterholzes nur wenige Meter von uns entfernt durch den Wald trampelte und uns einen gewaltigen Schrecken einjagte. Wir legten keinen Wert auf eine zweite Bekanntschaft mit ihm. Gegen Bären schützten wir uns durch unsere Bärenglocke und lautes Reden.

Hidden Falls, Inspiration Point und die *Forks*, die Weggabelung nach Süden und nach Norden, lagen schon hinter uns; ein Aufstieg von rund fünf Kilometern und 400 Metern Höhenunterschied – mehr oder weniger im Schnee – lag noch vor uns. Wir drehten uns immer wieder um: die Ausblicke nach Süden, hin zum *Teewinot*, zum *Owen* und zum *Grand Teton* – die das Tal beherrschende Dreierkette –, war atemberaubend. Und um uns wäre nur Stille gewesen, hätten wir nicht selber immer wieder den „Bärenabwehrlärm" angestimmt; kein Mensch außer uns schien unterwegs zu sein.

Nach etwa vier Stunden erreichten wir das Becken, in dem der Gletschersee *Lake Solitude* sein – jedenfalls heute – verwunschenes, seinem Namen angemessenes Dasein führte: zugefroren, ringsum von einer durchgehenden Schneedecke eingehüllt und von keinem Menschen außer von uns belästigt. Eine zauberhafte Atmosphäre, eine Märchenlandschaft. Immerhin entdeckten wir aber Fußspuren im Schnee. Also war doch schon jemand da gewesen. Die Spuren führten um den See herum. Wir folgten ihnen und machten am

Nordrand eine kleine Rast. Da die Sonne schien, belästigte uns die Kälte nicht allzu sehr. Dann kam die Zeit für den Rückmarsch.

„Die Fußspuren führen doch hinauf zum Pass", sagte einer der beiden Söhne. „Können wir nicht wenigstens hinaufgehen und auf die andere Seite hinunterschauen? Der Aufstieg ist doch nicht unbequem, den schaffen wir noch spielend. Und Zeit genug haben wir. Es ist doch bis 9 Uhr hell."

Ich zögere. Doch die Söhne drängen: „Ha bloß hinauf und rumgucken, wie es oben aussieht."

Schließlich gebe ich nach. Wir brechen auf; die einsamen Fußspuren und unser Wanderführer weisen uns den Weg zum Pass. Der Schnee wird tiefer, ist aber fest und gut begehbar. Nach weiteren zwei Stunden erreichen wir den Pass. Oben steht ein vom Sturm halb umgedrückter Wegzeiger: *Paintbrush Divide*. Richtig, das war nichts Neues für uns. Ein neues Panorama im Osten tut sich auf, nicht so gewaltig wie die Dreierkette im Süden. Schneefelder eine schöne Strecke hinab ins Tal, im ersten Teil sehr steil. Eingebettet in die weiße Umgebung, noch zugefroren und mattgrün leuchtend, *Bear Lake* und *Holly Lake*. Weiter unten die größeren Seen: *Leigh Lake*, *String Lake* und *Jenny Lake*, unser Tagesziel. Über das Schneefeld schräg nach unten zieht die einsame Fußspur. Wir können sie eine ganze Weile verfolgen, auf jeden Fall, bis der Wanderer vor uns sicheres Gelände erreicht hatte.

„Der ist doch auch drüber gekommen", meint Volkhart, „und kein Schneebrett hat sich gelöst. Jetzt sind wir doch dem *Jenny Lake* viel näher (in der Tat von der *Paintbrush Divide* nur noch 12 Kilometer), lass es uns doch probieren."

Wieder zögere ich. Soll ich dem Drängen nachgeben? Soll ich Vernunft walten lassen? Was hatte der Ranger gesagt? Nur mit Eispickel sollte man es wagen? Den haben wir ja nicht. Aber ich sehe doch gar kein Eis. Mich reizt diese kleine Mutprobe selbst, zumal der Rückweg über den *Lake Solitude* in der Tat sehr, sehr lang wäre! „Gut", sage ich entschlossen, „wir probieren's. Einer hinter dem anderen im Gänsemarsch, und immer bereit, wenn einer abrutschen sollte, sich hinzuwerfen und eventuell mit den Händen im Schnee festzukrallen." Ich fürchte, das war alles sehr amateurhaft, was ich den Söhnen als Rat auf den Weg gab – aber: Wir zogen los.

Vorsichtig folgten wir der vorgezeichneten Spur, immer schräg am Berghang entlang. Nichts passierte. Der Schnee war trittsicher, gab nicht nach. Wir hatten Glück. Es dauerte nicht sehr lange, bis wir weniger steiles Gelände erreichten, zuerst immer noch schneebedeckt, aber unterhalb von 3000 Metern sich langsam frühlingshaft verwandelnd.

In der Zwischenzeit war es schon Spätnachmittag geworden; drei Stunden Marsch lagen noch vor uns. Aber passieren konnte jetzt nichts mehr – vorausgesetzt wir würden keinem Elch oder keiner Bärin mit ihren Jungen über den Weg laufen. Wir sahen aber nur zahlreiche Präriehunde, und diese, unseren Alpenmurmeltieren verwandt, sind scheu und verschwinden, wenn Menschen kommen, unter lauten Pfiffen. Als wir nach 8 Uhr *String Lake* erreichten, hatten wir noch einen halben Kilometer bis zum Parkplatz bei der Rangerstation vor uns. Diese letzte Strecke schien uns die längste der ganzen Wanderung zu sein. Wir fühlten uns ziemlich erschöpft. Gegen 9 Uhr abends erreichten wir unseren *Tent Tr*ailer am *Jackson Lake*. Johanna war schon in Sorge, überlegte sich, ob sie die Ranger von unserem Ausbleiben verständigen sollte.

Doch alles war gut gegangen. Wir hatten die Rundwanderung nicht nur theoretisch, sondern in Wirklichkeit gemacht, aber noch heute, wenn ich an diesen Tag zurückdenke, überlege ich, ob ich am *Lake Solitude* beim Drängen der beiden Söhne nicht hätte standhaft bleiben sollen. Aber als interessierter Mensch hatte mich der *Paintbrush Divide* ja selbst gereizt – und schließlich ist ja auch alles gut gegangen.

In Kalifornien

Am Pacheco Pass

Schon fast eine Woche waren wir unterwegs: mit einem aufgescheuchten Skunk auf dem ersten Campingplatz, der Mechthild auf einen Holztisch trieb, mit der grandiosen Oregon-Küste, den Redwood-Wäldern im Norden von Kalifornien und mit San Francisco als bisherigen Höhepunkten. Jetzt hatten wir gerade ein geruhsames Wochenende bei Fred Schwirzke in Monterey zugebracht – mit feinem Steak, wie wir es uns selbst nie geleistet hatten, mit einem Besuch der Missionsstation Carmel und einer herrlichen Küstenfahrt entlang dem berühmten *Seventeen Mile Drive* und zum *Big Sur* als unserem südlichsten Punkt.

Wir hatten die Küstenberge überquert, das fruchtbare Tal bei dem Städtchen Hollister durchfahren und näherten uns auf dem Highway 152 dem 1386 Meter hohen *Pacheco Pass*, der die Verbindung über die zweite Bergkette, die *Diablo Range*, zu dem breiten Zentraltal, dem *Joaquin Valley*, herstellt. Wir wussten noch nicht, dass die Bergkette uns ihren Namen gründlichst nahebringen wollte. Die Straße, auf der wir fuhren, war seit wenigen Kilometern vierspurig, der Verkehr nicht zu stark, wir kamen flott voran. Als wir schon die Passhöhe ahnen konnten, bemerkte ich zwei Dinge, zunächst ohne Verbindung miteinander, aber beide unangenehm. Vor uns bis zur Passhöhe hin stockte der Verkehr, schnell bildete sich eine Schlange, ich drosselte das Tempo. Oben auf der Höhe sah ich schon Polizei und Abschleppdienst im Einsatz; vermutlich ein Unfall. Etwa zur selben Zeit fiel mir ein unangenehmes Geräusch hinter uns auf: Der Zeltanhänger holperte so merkwürdig. Ich kann mich nicht mehr erinnern, auf welcher Spur wir fuhren. Auf jeden Fall hielt ich an, so schnell es ging; sagen wir, es war auf der rechten Spur. Ich rechnete mit einem Platten; da wir ein Ersatzrad hatten, wäre dies nicht allzu problematisch und vermutlich auch von einem technischen Laien wir mir zu reparieren gewesen. Es war viel schlimmer: Nach einigem Suchen stellten wir fest, dass die Nabe am rechten Rad gebrochen war. Jeder Versuch einer Reparatur schlug fehl. Ich muss gestehen, kilometerweit von der nächsten Behausung entfernt, fühlte ich mich, ziemlich ratlos, um nicht zu sagen hilflos. Wie sollte es weitergehen? Ich beschloss, die paar hundert Meter zur Passhöhe zu laufen und die Polizei um Hilfe zu bitten. An dieser Stelle beginnt eine fast neue Geschichte.

Die Polizei hatte ihre Aufgabe beendet und wollte gerade wegfahren. *„May I ask you for help, sir?"*, fragte ich einen der Polizisten und schilderte ihm unser Missgeschick. *„O.k., I'll look after your problem."* Er wendete sein Polizeiauto, fuhr mit mir die paar Meter hinab, und als Erstes half er mir mit Hilfe seines Fahrzeugs, unseren *Tent Trailer* von der Straße zu schieben. Dann holte er seine Werkzeugtasche, mit richtigem Werkzeug, nicht bloß einem einsamen Schraubenzieher, und machte sich an die Arbeit – gerade so, als wäre es sein eigenes Gefährt. Er versuchte alles Mögliche – zu seinem und, es versteht sich von selbst, auch zu unserem Bedauern ohne jeden Erfolg. Nach etwa einer guten Viertelstunde gab er, ziemlich verschmutzt, auf und sagte:

„Ich kann das Rad nicht reparieren. Ihr *Tent Trailer* muss abgeschleppt werden. Die nächste Garage ist etwa 20 Kilometer entfernt. Wir fahren miteinander hin, und ich regle die Sache. Ganz in der Nähe ist ein Campingplatz, *Casa de Fruta*, dort können Sie bleiben, bis die Reparatur gemacht ist."

„Ja, geht das nicht gleich?", frage ich – erleichtert und enttäuscht zugleich.

„Kaum, sie werden sicher kein neues Rad zur Verfügung haben. Das wird mindestens einen Tag dauern."

Schon jetzt hatte der Polizist wesentlich mehr getan, als es unserer Ansicht nach seine Pflicht erfordert hätte. Unten im Tal verhandelte er mit dem Garageninhaber; der erklärte sich einverstanden, uns abzuschleppen und die Reparatur durchzuführen. Bevor der freundliche Helfer ging, bat ich um seine Adresse. Er stutzte etwas. Ohne schon eine genauere Vorstellung von dem Wie und Was zu haben, sagte ich, ich würde mich noch einmal bei ihm melden. Ich meine mich zu erinnern, dass er mir (auch?) seine Dienstanschrift gab. Er war Sergeant. Und exakt mit der Aushändigung der Adresse beginnt die andere Geschichte. Ich greife vor.

Not of worldly value

Zuerst dachte ich, es wäre für diesen guten Geist von Polizisten vielleicht wichtig, seinem Vorgesetzten einen Brief zu schreiben und seine guten Dienste zu würdigen – etwa: *You have a wonderful man in your police section*. Ich bekam dann doch Zweifel, ob der Gedanke wirklich so sinnvoll war. Würde man ihm vielleicht vorwerfen, für einen *bloody foreigner* zu viel des Guten getan zu haben? Wir beschlossen, ihm von zu Hause ein kleines Geschenk zu schicken. Aber was? Wir entschieden uns für etwas Modeschmuck aus Pforzheim für seine Frau – in der Annahme, so ein netter Mann müsse auch verheiratet sein; andernfalls könne er die Brosche ja weiterverschenken. Bald kam ein freundlicher Dankesbrief; er wolle uns auch ein Geschenk zukommen lassen, aber keines of *wordly value*. Als ich „weltlichen Wert" las, klickte es sofort bei mir: „Johanna", sage ich, „wetten, unser kalifornischer Polizist ist

Mormone. Deshalb war er auch so nett. Und das in Aussicht gestellte Geschenk, das keinen weltlichen Wert verkörpere, wird das Buch Mormon sein."

Ich hatte meine Erfahrung mit Mormonen gemacht: lieb, aber etwas aufdringlich. Eine nette kleine Studentin aus einem meiner Deutschkurse in Athens hatte mir schon einmal das Buch Mormon zur Lektüre aufgedrängt – sogar in deutscher Übersetzung. So hatte ich im vorliegenden Fall eine richtige Vorhersage gemacht. Nach wenigen Tagen kam das Buch, aber nicht aus den USA, sondern von einer deutschen Adresse – und in deutscher Übersetzung. Die weltweite Kommunikation der Mormonen hatte hervorragend funktioniert, und daran war uns nun gar nicht gelegen. Wie sollten wir uns verhalten? Bloß kein überschwänglicher Dank! Bloß ihnen nicht den kleinen Finger reichen! Oder hatten wir das schon getan? Nie würden wir sie mehr loswerden. Wir beschlossen, unserem lieben Freund und Helfer aus einem Urlaub eine Postkarte zu schreiben und den Dank so niedrig wie möglich zu hängen. Das taten wir auch, und es kam nie mehr etwas nach – auch kein Hausbesuch von diensttuenden Mormonen, wie wir befürchtet hatten.

In der Casa de Fruta

Der nachträgliche Kontakt mit dem hilfsbereiten Sergeanten war jedoch eine Sache des nachfolgenden Herbstes. Vorläufig saßen wir auf dem Campingplatz der *Casa de Fruta* fest. Unser *Tent Trailer* war abgeschleppt worden, zum Campingplatz gebracht, dort aufgebockt, die Achse abmontiert und in die Werkstatt genommen. Das Rad musste in Oakland bestellt und mit dem „Greyhound" herbefördert werden. Frühestens morgen gegen Mittag sei mit dem Eintreffen zu rechnen. Wir richteten uns also auf dem Campingplatz ein und hofften, morgen Nachmittag starten und unseren ursprünglichen Plan mit einem Tag Verzögerung realisieren zu können. Viel unternehmen konnte man derweilen in der *Casa de Fruta* nicht. Wir befanden uns auf einem privaten Campingplatz, der keine Wanderwege zu bieten hatte. Ein kleiner Spaziergang – ja, aber sonst Ruhetag. Immerhin gab es dort einen Laden, der auch kalifornischen Wein verkaufte und zur Degustation einlud. Auch wenn damals meine Weinkenntnisse über einheimische – also badische und schwäbische –

51

Produkte kaum hinausgekommen waren, versteht es sich von selbst, dass ich mir die Gelegenheit einer kalifornischen Weinprobe nicht entgehen ließ. Ich hatte ein interessantes Fachgespräch mit dem Verkäufer, doch es fiel mir schwer, ihm begreiflich zu machen, weshalb ich probierte, aber nicht kaufte.

Mit dem Ruhetag war es leider auch nicht so weit her, wie es uns lieb gewesen wäre. Wir hatten unseren *Trailer* gleich bei der Einfahrt des fast leeren Platzes abstellen lassen, hatten dabei nicht bedacht, dass wir ja dort unmittelbar neben dem Highway standen. Als wir uns im Verkehrsfluss befanden, hatten wir die Zahl der Autos und LKWs durchaus als mäßig empfunden; stationär, als der Verkehr in beiden Richtungen an uns vorbeirauschte, sah dies alles ganz anders aus: ein stetiger, lärmender Fahrzeugstrom. Als wir unseren Fehler bemerkten, konnten wir den *Trailer* nicht mehr von der Stelle bewegen. Was tagsüber noch erträglich schien, wurde nächtens zur Qual. Es gibt manche Nächte in meinem Leben, in denen ich wenig geschlafen habe, aber bestimmt nur ein halbes Dutzend, an die ich mich noch genau erinnere. Die in der *Casa de Fruta* gehört dazu – und wenn auch nur jede Minute ein LKW vorüberbrauste, aber so nah, dass er fast meine Kopfhaut zu schürfen schien – es reichte! Doch auch diese Nacht ging vorüber – und auch noch der größte Teil des nächsten Tages. Der Mittagsbus kam ohne Rad, erst der 5-Uhr-Bus brachte den heiß ersehnten Ersatz. Es war klar: An diesem Abend noch aufzubrechen – das wäre sinnlos gewesen.

Das neue Rad war da; die Achse konnte montiert werden. Ein jüngerer Monteur wurde geschickt, und er arbeitete auch ziemlich rasch. Ich bezahlte, gab ein Trinkgeld, und wir fuhren den *Trailer* in den hintersten Winkel des Campingplatzes – für die Nacht so weit vom Highway weg, wie es nur eben ging. Als wir das Zelt wieder aufschlugen und in den Anhänger einstiegen, fiel uns auf, dass irgendetwas anders war als zuvor. Richtig, der Abstand von der Erde zum Anhängerboden hatte sich verändert, vergrößert, so dass alle mit den kleineren Beinen nicht mehr problemlos einsteigen konnten. Was hatten die bloß gemacht? Wahrscheinlich ein zu großes Rad bestellt? Aber nein, das kann ja nicht stimmen, sonst müsste der *Trailer* einseitig stehen, und das wenigstens tat er nicht. Also was war passiert? Schließlich kamen wir auf den Trichter. Man konnte die Achse so montieren, dass die Räder oben oder unten eingehängt waren. Der Monteur hatte sie verkehrt montiert; sie hingen unten ein, und die zehn Zentimeter fehlten jetzt beim Einsteigen. Es war in der Zwischenzeit schon 7 Uhr geworden. Würde noch jemand in der Werkstatt sein? Ich rannte hin. Doch, ja. Ich erklärte ihnen die Sache; der Monteur kam noch einmal, nicht sehr erfreut über die abendliche Arbeit. Aber das war sein Problem; schließlich hatte er sich ja auch mit der falschen Montage der Achse blamiert. Doch der Wechsel ging schnell. Jetzt war alles o.k. Wir verbrachten eine ruhige Nacht, schliefen alle sehr, sehr gut und konnten am nächsten Morgen in aller Herrgottsfrühe starten.

IV. Unter der Sonne des Südens

Silvester

Ein Mensch fährt fröhlich in den
Süden,
um Schutz zu suchen vor den rüden
Attacken „teutscher" Wintersnacht,
die jetzo sich hat breitgemacht.
Als er in Calpe angelangt,
sein Glauben an den Süden wankt,
nur etwas, das sei zugestanden:
auf Bernias Höhen Flocken landen
von weisem Flaum in kalter Luft –
gottlob, das Feuer schließt die Kluft
von lichtem Tag und kalter Nacht:
die Flamme loht in roter Pracht:
der Wein fließt munter durch die
Kehlen,
erfreut doch mancher Herz und
Seelen:
die Stimmen formen sich zum Chor:
wie schad, bald steht der Abschied
wieder vor.

Hochsommer

In Griechenland, wie jeder weiß,
wird es im Juli schon mal heiß.
Ein Freund, der oft hier unten reist,
das Sommerklima gar nicht preist.
„In Griechenland im Juli wandern,
das überlass", rät er, „den andern".

Doch ich weis' ihn auf Baumi hin,
dass der's im Katalog hat drin.
So höllisch kann das doch nicht sein,
sonst ließ sich Baumi nicht drauf ein

.
Wenn auch das Thermometer
klettert,
der Rat des Freunds wird
abgeschmettert.

In Saloniki trifft man ein,
träumt schon vom guten, kühlen
Wein.
Da schlägt brutal die Hitze zu,
man trieft, der Schädel brummt im
Nu.

In Veria wird vollends klar,
die Hellasfahrt Verirrung war.
Wie oft hab' ich in jener Nacht
voll Reue an den Freund gedacht.

In Saloniki trifft man ein,
träumt schon vom guten, kühlen
Wein.
Da hab' ich wieder in der Nacht
voll Reue an den Freund gedacht.

Jedoch Annett' zu trösten weiß,
spendiert Getränke auf der Reis',
steckt an mit ihrer Fröhlichkeit,
vertreibt am Mikrophon die Zeit,
verspricht uns für Papingo Kühle
und überhaupt kein Volksgewühle.

Papingo-Klein, Papingo-Gross,
da fühl' ich mich denn ganz famos.
Mein Freund hat doch nicht recht
gehabt,
die Hellasreise prächtig klappt.

Papingo (Nord-Griechenland)

Masca-Schlucht

Wildpretts Natterkopf mit Teide

Mallorca kann auch anders sein

Mallorca - niemals! Ein mit Menschen überfüllter Strand - niemals! Wohnen in einer Bettenburg - niemals!

Und jetzt, an einem sonnigen Februartag 1982, standen wir auf dem Rollfeld von Palma de Mallorca, noch in die nun überflüssigen Parkas gehüllt, und genossen die milde Wintersonne. Vor uns lag eine Woche Wanderurlaub. Das Gran Hotel in Illetas, nun doch eine Bettenburg für rund 600 Menschen, war unser Zuhause. Aber noch war ruhige Vorsaison, so dass sich keinerlei Raumangst entwickeln musste, und überdies waren wir jeden Tag unterwegs und genossen von den zahlreichen Angeboten des Hotels nur das Schwimmbad und die reichhaltigen Büfett-Segnungen des Restaurants zum Frühstück und zum späten Abendessen (wo auch Müsli-Anhänger und Salat-Fans voll auf ihre Kosten kamen).

Mallorca - das muss nicht heißen: Kampf um Liegestühle und Liegeplätze an einem allzu engen Hotelstrand, Braten in praller Sonne, heiße Disco am Abend. Mallorca - das kann auch sein: Erleben einer einsamen, wilden Gebirgslandschaft im Nordwesten der Insel, mit spärlichen Ansiedlungen dort, wo fruchtbare Täler sich öffnen, und mit wenigen Häfen, wo die steile, zerklüftete Küste Schiffen das Anlaufen gestattet. Während von Puerto Soller aus schon reger Schiffs- und Handelsverkehr mit Frankreich bestand, verbanden nur steinige Pfade die Nordseite der Insel mit dem dichter besiedelten Süden. Heute führen gut ausgebaute Straßen an der Küste entlang und über die Berge, die Pass-Straße über den Coll de Soller mit ihren 63 Spitzkehren und die berühmte Krawattenknopfstraße „La Calobra", eine der ungewöhnlichsten Bergstraßen Europas mit unzähligen atemberaubenden Serpentinen.

Auf solchen alten Verbindungswegen und auf schmalen Hirten- und Bergpfaden, die nur spärlich bezeichnet sind, durchwanderten wir einen kleinen Teil dieses karstreichen Kalkgebirges.

Zwei Arten von Wanderungen lassen sich durchführen - die Küsten-wanderung auf alten Felspfaden über dem Meer, etwa von der unbewohnten Bucht Cala Tuent zum Mirador de Ses Barques, dem herrlichen Aussichtspunkt oberhalb von Puerto Soller, eine Wanderung, die immerhin einen

Höhenunterschied von über 800 Meter überwindet. Andere Unternehmungen gleichen eher alpinen Bergtouren und führen auf windgepeitschte Gipfel - z.B. auf die Massanella, den zweithöchsten Berg der Insel, der mit seinen 1348 Metern nicht einmal die Höhe des Feldbergs erreicht und doch mit seinem gerölligen Aufstieg viel Kraft und Konzentration erfordert. Beeindruckend ist der 1000 Meter hohe Abstieg vom Coll de L'Ofre durch die tief eingeschnittene

Schlucht von Biniaraix. Fast nie kann man bei diesen Wanderungen gehen und gleichzeitig schauen. Zwar benötigen wir nur an wenigen Stellen die Hände, aber immer verlangen die steinigen Pfade Konzentration. Wer schauen will, muss stehenbleiben - und es gibt immer wieder viel zu schauen. Fast durchweg zeigt sich fern oder nah das Meer.

Die Landschaft ist typisch südländisch: Kalksteinfelsen, rau und zerklüftet, mit der zugehörigen Vegetation: Rosmarin, Stechginster, Stechwinden, Aleppokiefern, Erdbeer-bäume, Steineichen - Pflanzen und Bäume, welche die antiken Schriftsteller schon erwähnen. Im Gebirge blühen nur Rosmarin und Ginster. Man sieht kaum einmal einen Vogel, dafür ein Rudel kleiner schwarzer Schweine im Eichenwald. Im Tal hält der Frühling schon seinen Einzug. Die Mandelbäume, seine Vorboten, stehen in sonniger Lage in voller Blüte, und die Mimosen und Bougainvilleas leuchten in strahlendem Gelb und Rot. Reife Apfelsinen und Zitronen hängen schwer von übervollen Bäumen. Beeindruckend die schon seit maurischer Zeit hier üblichen Terrassenanlagen bis hoch in die Berge hinauf - mit ihren zum Teil uralten Olivenbäumen, die der Landschaft ihren charakteristischen Silberton verleihen. Da die Oliven aus Mallorca nicht mehr so sehr geschätzt werden, bleiben viele Anlagen unbewirtschaftet, und schon fangen die Steinmauern an zu zerfallen.

Schmucke Dörfer, noch fernab von den Touristenströmen, liegen in den Tälern und an sanften Berghängen. Straßenschilder und Häusernamen aus bunter Majolika, der von hier stammenden und auch so benannten Töpferware, weisen den Weg. Ein schönes, stilles und den Wanderer einladendes Land. Frederic Chopin hat dort, im ehemaligen Kartäuserkloster in Valldemosa, zusammen mit seiner Lebensgefährtin George Sand, den Winter 1838/39 zugebracht - einer der ersten Mallorcaurlauber.

Und doch gibt es hier auch Streit. Die Mallorquiner, die ihre eigene, dem Katalanischen verwandte Sprache sprechen, fühlen sich nicht als Spanier. „No som Espagnoles" sprühen sie mit schwarzer Farbe an die Felswände, und auf den zweisprachigen Verkehrsschildern machen sie die spanischen Formulierungen unkenntlich. Wie ernst dies alles wohl gemeint ist?

Mallorca - das ist nicht nur die dicht besiedelte Playa de Palma. Dazu sage ich immer noch: Niemals! Aber zu diesem stillen Land im Nordwesten der Insel sage ich von Herzen: Ja.

Hier fing unsere Liebe zu den Mittelmeer- und Atlantikinseln an – meist reisten und wanderten wir mit Günter und Christel, manchmal auch mit den Schülern.

Toscana 1993

Badia, Sogna, Duddova, Cenina, Gargonza, Pienza,
Rapale, Gaiole, San Felice,
Montebenichi,
Brolio, Arezzo, Montalcino, St. Antimo,
Asciano, San Oliveto, San Pancrazio,
San Gimignano, Montepulciano, Lucignano,
Siena.
Kirchen und Kathedralen,
Burgen und Paläste,
Mauern und Türme,
Plätze und Terrassen,
Treppen und Gässchen,
Fresken und Gemälde.

Gepflegt und gehegt,
romantisch und verträumt,
verschmutzt und vergammelt,
verwahrlost und verfallen,
bello e rovinato.
Besucht, begangen, bestaunt,
bewundert, bemitleidet, bedauert.
Dies alles haben wir gesehen,
doch immer nur in Fragmenten.
Zu allem hat die Zeit nicht gereicht,
schon gar nicht die Kraft.
Noch vieles hätten wir gern gesehen:
Assisi, Cortona,Volterra,
Lago di Trasumeno, San Michele, San Sepolchro,
ganz zu schweigen von Lucca, Pisa und – im Wiedersehen – Florenz.
Die Zeit hat nicht gereicht.
Die Zeit wird nie reichen,
nicht einmal für die Toscana:
Was bleibt:
die Erinnerung an glückliche Tage,
der Versuch, im Teil das Ganze zu erahnen,
– und sich damit zu bescheiden.

Ich schrei doch nicht

„Schrei doch nicht so!", sagt Johanna zu mir.

„Ich schrei doch nicht", antworte ich.

Dieser zugegeben simple Dialog zwischen meiner Frau und mir wiederholte sich mehrere Male. Zusammen mit unseren beiden Töchtern saßen wir in einer Taverne in Olympia und warteten auf unser Abendessen.

Wir waren auf der klassischen Griechenlandtour und hatten einen anstrengenden Tag mit viel Hitze und Schweiß hinter uns. Morgens Aufbruch in Delphi, Fahrt nach Igumenitsa, mit der Fähre nach Patras, Weiterfahrt nach Olympia und dort am späten Nachmittag bei immer noch hohen Temperaturen Besichtigung des heiligen Bezirks. Mit mäßigem Hunger, aber großem Durst hatten wir ein Lokal aufgesucht und bestellt: für Frau und Töchter das Übliche – griechischen Salat – und für mich noch Suflaki.

„Wie viel?", fragt der Kellner.

„Wie viel?" – „ενα – einen Spieß natürlich."

Der Kellner schaut etwas ungläubig drein und lässt sich noch einmal bestätigen: „Ja sicher, einen."

Als der Spieß dann kam, verstand ich seine Reaktion; es handelte sich um keinen Spieß, sondern nur um ein Spießchen, eine Miniportion, gerade recht für den hohlen Zahn.

„Nein", sage ich kleinlaut, „das habe ich nicht gewusst, dass Suflaki so klein sind. Davon nehme ich natürlich sechs."

„Vor die Leistung", stellt der griechische Dichter Hesiod fest, „haben die Götter den Schweiß gesetzt", doch vor dem Essen steht das Trinken; man kennt das von jedem Gasthausbesuch – dieses Mal, da wir gewaltigen Durst hatten, uns gar nicht unlieb. Der weibliche Teil der Familie trank Mineralwasser. Ich nahm einen Wein, einen kühlen, süffigen Retsina. Ein Viertel würde mir ja reichen, jedenfalls fürs Erste, aber offensichtlich reichte mein Griechisch nicht, das richtige Maß auszuhandeln. Oder der Kellner wollte es nicht verstehen. Jedenfalls brachte er einen halben Liter. Was soll's! Mein Durst war groß und der Wein süffig. Schon recht, und ich trinke schnell und viel – schon vor dem Essen mindestens ein Viertel. Der kühle Retsina läuft mir die Kehle hinunter – wie Wasser, aber natürlich viel, viel besser.

„Sprich doch nicht so laut!", so meine Frau. – Hatte der Wein schon seine Wirkung getan? „Ich sprech doch nicht laut; ich weiß gar nicht, was ihr wollt, ich rede doch ganz normal." So kam es mir jedenfalls vor, doch meine Leute lachten nur. Schließlich wurde das Essen aufgetragen; es schmeckte gut, und den halben Liter, den ich gar nicht gewollt hatte, putzte ich problemlos weg. Am liebsten hätte ich noch ein Maß bestellt, doch der weibliche Teil der Familie protestierte heftig.

Ich zahlte, und wir machten uns auf den Weg zu unserem Hotel. Draußen in der frischen Luft fängt die Straße plötzlich zu tanzen an. „Könnt ihr nicht bei mir einhaken? Mir dreht sich alles im Kopf." Sie nehmen mich in ihre Mitte, und gleich hörte die Straße zu tanzen auf.

Ob ich am Ende doch zu laut gesprochen hatte?

Ganz normale Menschen

Ein mit Besichtigungen ausgefüllter Tag lag hinter uns – Delphi: die berühmten Schatzhäuser, der Tempel des Sehergottes, das gut erhaltene Theater

mit seiner umwerfenden Akustik, das Stadion auf der höchsten Stelle, im Rücken der Klotz des Parnass, nach Südwesten unendliche Olivenhaine in silbrigem Grün, in leichtem Kontrast dazu das tiefblaue Meer im Golf von Korinth. Die Schüler und Schülerinnen des Georg-Simmler-Gymnasiums und des Emil-Strauß-Gymnasiums in Dreitälerstadt hatten unter der österlichen Sonne des Südens den Weg bis hinauf zum Stadion zurückgelegt, hatten geschwitzt und gestöhnt, geschaut und gehört, hatten sich trotz der sommerlichen Hitze, die ihnen kräftig zusetzte, von der Atmosphäre des Ortes ergreifen lassen. Besonders die Erläuterungen des Direktors Alexander Dörfel, eines in der Wissenschaft anerkannten Kenners der Antike, beeindruckte sie – etwa als er ihnen die Stelle zeigte, wo man den berühmten Wagenlenker fand, den sie im Nationalmuseum bewundert hatten, oder als er ihnen von den windigen Orakelsprüchen der mit Weihrauch in Trance versetzten Pythia erzählte, die viele, nicht nur den steinreichen Krösus, ins Unglück stürzte. Es war der letzte Besichtigungstag, ein würdiger, wenn auch durstig machender Abschluss einer klassischen Bildungsreise.

„Schaut einmal in die Ebene runter nach rechts", sagte Direktor Dörfel, als sie auf der obersten Höhe standen und Heiligtum, Land und Meer ihnen zu Füßen lagen. „Ganz da hinten sieht man grade noch Amfissa, wo wir heute übernachten. Besichtigen werden wir dort nichts. Es gibt keine Ausgrabungen, nur eine Burg aus der Frankenzeit, aber nach den heutigen Anstrengungen wird niemand auf die Idee kommen, da noch hinaufzusteigen. Na ja, wir wären dafür sowieso zu spät dran."

Am Spätnachmittag wurden in Amfissa die einfachen Quartiere verteilt, um acht Uhr traf man sich beim „Dionysos" in der Nähe des Marktplatzes zum Abendessen. Die kleine Taverne: rustikal, wie es die Gruppe auf ihrer Reise schon öfter vorgefunden hatte: Tische für sechs bis acht Personen, aus kernigem Holz, ohne vornehme Decken, aber sauber gescheuert. Die Wirtsleute servierten in großen Terrinen Fischsuppe, lauwarm, daran war man schon gewöhnt, aber äußerst schmackhaft und zusammen mit dem köstlichen Bauernbrot ein einmaliger Genuss. Ausgedörrt von der heißen Frühjahrssonne und noch angestachelt von der gut gewürzten Fischsuppe wurde kräftig getrunken, reichlich Wasser, gewiss – aber neben dem Fix-Bier machte auch der gekühlte, goldgelbe Retsina die Runde.

Während sich die jungen Leute bald nach dem Essen verkrümelten, blieben die Direktoren Dörfel und Schubert mit mir noch eine Weile beim Wein sitzen. Einige Griechen, die zum abendlichen Treff in die Taverne gekommen waren und das deutsche Idiom vernahmen, gesellten sich dazu. Man kam ins Gespräch. Einer der Einheimischen hatte sieben Jahre in Sindelfingen bei Daimler gearbeitet und sprach ein lupenreines Schwäbisch. Alexander Dörfel beherrschte die Aussprache des Neugriechischen recht gut und konnte sich einigermaßen verständlich machen. Er und der schwäbelnde Grieche dolmetschten, und so kam eine leidliche Unterhaltung zustande.

Die gastfreundlichen Griechen ließen einen Krug Retsina auffahren, die Deutschen zogen nach, und es wurde kräftig gebechert. Ich hielt mich merklich zurück; den Zugang zu dem geharzten Wein hatte ich noch nicht gefunden, dies blieb späteren Reisen vorbehalten. Dem reichlich genossenen Retsina folgten Runden von Ouzo, und später probierte man auch noch den Metaxa; kein Wunder, dass die Stimmung von Minute zu Minute gelöster, heiterer wurde.

„Deutschland prima, Geld Verdiene dort guet, aber immer Heimweh. Hab jetzt hier ein Lädle." Auf der anderen Seite Lob der alten Kultur und der griechischen Gastfreundschaft. Alexander Dörfel erzählte die rührende Geschichte von dem einarmigen Wächter in Tiryns, der 1922 gegen die Türken kämpfte und amputiert worden war. Als junger Lehrer lernte ihn Dörfel kurz vor dem Zweiten Weltkrieg beim Besuch der mykenischen Burg kennen; er hatte damals von seinem Schicksal erfahren und ihn jetzt nach so vielen Jahren sofort wiedererkannt. Der alte Mann habe sich unbändig gefreut, sogar feuchte Augen bekommen, als Dörfel ihn auf ihre damalige Begegnung ansprach und sich mit einem ansehnlichen Trinkgeld verabschiedete. Aber auch Friedrich Schubert, ein sportgestählter Hüne, konnte mit Griechenlanderfahrungen aufwarten. Er sei im Krieg als Fallschirmjäger über Kreta abgesprungen und habe auf der Insel eine schöne Zeit verlebt. Als die Stimmung in der Taverne schließlich ihren Höhepunkt erreichte, tauschte man Adressen, sprach Einladungen aus – die keiner wirklich ernst nahm.

Während die Griechen immer noch sitzen blieben, wurde es angesichts des folgenden Reisetages für die Deutschen doch irgendwann Zeit, aufzubrechen und den Weg zum nächtlichen Quartier zurückzulegen. Alexander Dörfel fiel das Aufstehen sichtlich schwer, und bei den ersten Schritten schwankte er ein wenig, fing sich jedoch schnell. Der trinkfestere Schubert, zwar auch angeheitert, hielt sich dagegen bolzengerade. Gleich ihm sah ich mich, da ich mich an „neró" gehalten hatte, mit keinerlei Gehproblemen konfrontiert. Draußen in der kühlen Nachtluft änderte sich die Situation schlagartig. Dörfel schwankte erneut und fing sogar leicht zu torkeln an. Schubert kam ihm sofort zu Hilfe und führte den beleibten Kollegen am Arm, doch der kam trotz dieser Unterstützung nur mit Mühe vorwärts. Plötzlich entdeckte Schubert in einer

Hofecke einen hölzernen Schubkarren. Der brachte ihn auf eine Idee. Er bat mich, den Karren zu holen, und mit vereinten Kräften luden wir den doch ziemlich beschwipsten Direktor Dörfel in das Gefährt. Der Kopf lag auf der vom Fahrer entfernten Kante des Schubkarrens, die Beine hingen auf der Gegenseite über den Rand und baumelten zwischen den beiden Holmen, ohne jedoch den Boden zu berühren. Ein uriges Bild, das sich bot, doch wenn man den Dritten im Bunde nicht als Publikum ansehen will, fehlten zu dieser mitternächtlichen Stunde die Zuschauer, die sich an dem Schauspiel hätten ergötzen können. Es mag ja sein, dass in den Bergen noch einige Bacchantinnen hausten, aber denen wäre diese Prozedur nur komisch und sicher zu wenig rituell vorgekommen.

Auf jeden Fall war es für alle Beteiligte jetzt möglich geworden, den Heimmarsch ohne allzu große Beschwerlichkeit wiederaufzunehmen. Schubert schob den Karren. Der Weg führte zuerst über den ausgestorbenen Marktplatz, dann in eine holprige, schlecht beleuchtete Seitenstraße. Kurz vor der Pension, in der die drei nächtigten, stolperte Schubert über einen auf der Straße liegenden Pflasterstein, ließ für einen Moment die Holme los, so dass der schwer beladene Schubkarren umkippte. Dörfel, bisher bester Laune, weil er in seiner Trunkenheit die Unbequemlichkeit seiner hölzernen Liegestatt nicht spürte, sich im Gegenteil wie in einer Rikscha komfortabel aufgehoben wähnte, plumpste auf die Seite, schlug, während die Beine noch in den Holmen hingen, seinen Kopf auf den festen Lehmboden – zum Glück nicht allzu heftig. Für eine oder zwei Sekunden blieb er benommen liegen, dann meldete er sich zurück: Er langte sich an den Kopf und schrie: „Mein Kopf, mein Kopf, Fritz! Was machst du bloß für einen Scheiß. Komm, heb mich auf!" Der Aufprall hatte ihn aus seinen Träumen gerissen und einen gewissen Grad von Nüchternheit eingeleitet.

Fast im Unterbewusstsein fiel mir auf, dass Direktor Dörfel in dieser Situation eine Vokabel benützte, die ich in dessen sonst so gewähltem Sprachschatz nicht vermutet hätte. Ich bemerkte aber noch etwas anderes. Die beiden Direktoren hatten sich bis zu diesem Augenblick ganz formell gesiezt; doch der Sturz hatte die in der Taverne eh schon brüchig gewordene Distanzschwelle zwischen den beiden vollends durchbrochen, und das blieb auch fortan so.

Schubert hatte sich schon gebückt und Dörfels Beine über den unteren Holm gehievt. Unter kräftiger Mithilfe von Schneider richteten sie dann den am Boden Liegenden auf – zunächst in die Sitzposition.

„Tut dir etwas weh?", fragte Schubert. „Hast du etwas gebrochen?"

„Nein, ich glaube nicht. Es geht schon. Hebt mich auf, ich denke, ich kann jetzt wieder gehen."

Also halfen die beiden dem Direktor Dörfel auf die Beine. Es fiel ihm nicht einmal schwer, zu stehen. Der Sturz hatte ihn wieder der Realität zuge-führt.

„Kannst du gehen, oder sollen wir dich wieder in den Schubkarren legen?"

„Nein, nein, ich gehe lieber."

„Gut, gib mir deinen Arm, Alex", und – zu mir gewandt – „Sie könnten den Schubkarren zur Pension rüberstellen."

„Ja, müssen wir den nicht zum ‚Dionysos' zurückbringen?"

„Machen wir morgen, jetzt gehn wir in die Heia."

In wenigen Schritten erreichten sie ihr Domizil. Schneider stellte den Schubkarren im Hof der Pension ab. Alle fanden, wenn auch mit gegenseitiger Hilfe, ihre Zimmer, und der Morgen stellte sich schneller ein, als ihnen lieb sein konnte.

Direktor Dörfel spürte bei der Abfahrt immer noch ein Hämmern in seinem Kopf, aber kaum von dem doch harmlosen Fall, der ihm nicht einmal eine kräftige Beule zugefügt hatte, sondern eher von den diversen Alkoholika, deren Spätwirkung er sich nicht so leicht entziehen konnte. Direktor Schubert erging es kaum besser, nur ich war nach meinem abendlichen Wassergenuss fein heraus. Aber vor allem hatte ich junger Spund eine Lektion gelernt, die für meine Haltung gegenüber höheren Chargen Bedeutung gewinnen sollte; mir war nämlich noch nie so drastisch wie in dieser Nacht bewusstgeworden, dass auch hohe Viecher ganz normale Menschen sind.

An den Schubkarren dachte freilich keiner mehr, doch man darf vermuten, dass er irgendwie wieder heimgefunden hat.

Auf dem Bahnhof von Saloniki, Samstagmorgen 7 Uhr. Wir warten auf unseren Zug, der uns nach Belgrad bringen soll. Wir, das sind zwei Schul-direktoren, eine stattliche Schar müder und mit Bildungsgut vollgestopfter Schülerinnen und Schüler, dazu meine studienassessörliche Wenigkeit. Hinter uns lag das klassische Griechenlandprogramm: Olympia, Sparta, Argolis, Korinth, Athen, und zum Abschluss Delphi. Übermorgen, am Montag, sollte das neue Schuljahr beginnen. Wir hatten herrliche Tage erlebt. Ich war überwältigt, die Stätten, Monumente, Kunstwerke, von denen ich im Studium gehört und gelesen hatte, an Ort und Stelle kennenzulernen. Vor allem anderen hatte mich Mistra beeindruckt, von dessen Existenz ich vorher nichts wusste – mit seinen Kirchen und dem Überblick über das fruchtbare Eurotastal von dort oben, das weite Tal, welches die beiden Gebirge im Osten und Westen, der Parnon und der Taygetos, hermetisch abschließen; die geographischen Gegebenheiten, Tal und Gebirge, erklärten mir das Wesen des antiken Sparta in einer für mich geradezu dramatischen Weise. Doch von der Bildungsreise will ich nicht berichten; das haben kompetentere Leute getan, und mit ihnen will ich nicht wetteifern. Ich will nur noch ein eindrückliches Alltagserlebnis ansprechen und dann von unserer denkwürdigen Heimfahrt berichten.

Wer langsam fährt

Bei einer abendlichen Fahrt auf der Peloponnes von Olympia nach Tripolis blieb der Bus im Schlamm stecken. Damals waren die griechischen Straßen häufig nichts anderes als Pisten oder Rollbahnen, die schon ein leichter Regen unpassierbar machen konnte. Ich kann mich nicht mehr erinnern, wie der Busfahrer es schaffte, sein Gefährt flottzubekommen; jedenfalls kamen wir um zwei Uhr nachts an unserer Unterkunft an, und dann gab es Abendessen! Wir schauten zu, wie das merkwürdig bitter schmeckende, spinatähnliche Gemüse in den Töpfen kochte und das Fleisch auf der großen Herdplatte briet. Es war urig, doch die Nacht war logischerweise sehr kurz.

Aber jetzt standen wir auf dem Bahnhof in Thessaloniki; es ging heim – so dachten wir jedenfalls. Doch unser Zug nach Belgrad, der hier eingesetzt wurde, wollte und wollte nicht kommen. Man munkelte von Maschinenschaden oder dergleichen, doch keiner wusste etwas Genaues. Mit gut einstündiger Verspätung fuhr der Zug vor; wir konnten unsere reservierten Plätze einnehmen. Diese Verspätung hatte jedoch, wie wir zu diesem Zeitpunkt noch nicht ahnten, fatale Folgen. Nicht der ganze Zug fuhr nach Belgrad, sondern nur die Kurswagen; sie sollten in Skopje an einen D-Zug in die damals jugoslawische Hauptstadt angehängt werden. Von diesem D-Zug war jedoch keine Spur mehr zu sehen: Die griechisch-jugoslawische Verständigung schien nicht besonders gut geklappt zu haben, und als wir nicht rechtzeitig eintrafen, war der Belgrader Zug einfach abgefahren. Er war fort, und wir standen in Skopje ohne Anschluss. Was jetzt? Nach langen Verhandlungen unserer polnisch sprechenden Reiseleiterin, die sich in Jugoslawien gut verständigen konnte, erfuhren wir, dass wir einfach an den nächsten Zug nach Belgrad angehängt werden sollten - nicht den fahrplanmäßigen D-Zug am nächsten Morgen, sondern an den nächsten Zug. Er fuhr erst abends. Diese Regelung brachte uns zwar ein wohlschmeckendes Abendessen im Bahnhofsrestaurant in Skopje ein, aber unser Anschluss in Belgrad war damit futsch. Würden wir dort vielleicht gleich am Morgen eine günstige Verbindung nach München bekommen, um vielleicht nach zwei Nächten auf der Eisenbahn in aller Frühe, aber doch noch pünktlich zum Schuljahrbeginn heimzukommen – gleich nach der Ankunft unrasiert und ungewaschen in die Schule? Wir hofften.

Es kam jedoch schlimmer – oder wie man es nimmt. Der für uns bestimmte Zug, an den man uns anhängte, war, wie man damals sagte, ein Personenzug, also ein Bummelzug. Er hielt an jedem Bahnhof zwischen Skopje und Belgrad – und nicht nur dort. Er hielt auch, falls jemand winkte, auf offener Strecke. Ich meine mich zu erinnern, dass einmal ein Bäuerlein den Zug anhielt und mit einer Geiß einstieg – fast wie auf der „schwäbsche Eisebahne". So zuckelten wir durch das Land, doch wir hatten wenigstens in dem einen Punkt Glück, dass wir immer noch auf unseren reservierten Plätzen saßen.

Die Nacht – die erste Nacht auf der Heimfahrt – verbrachten wir also im Bummelzug. Erst am frühen Nachmittag erreichten wir Belgrad, erhielten dort wiederum ein warmes, wohlschmeckendes Essen, konnten uns etwas in der Stadt umsehen und nach Hause telegraphieren: „Ankomme 24 Stunden später." In der Zwischenzeit war nämlich klargeworden, wie sich die weitere Heimreise gestalten würde: Wir würden mit dem gleichen Zug, wie vorgesehen, nach Hause fahren – nur eben 24 Stunden später, aber mit den beiden Direktoren als Leiter würde uns die Verspätung niemand übelnehmen.

Einen kleinen Haken hatte die Sache freilich: Unsere reservierten Plätze waren jetzt verloren, und wir mussten sehen, wo wir mit unserer großen Gruppe unterkamen. Wir gingen darum früh zum Zug und machten uns darin breit: vier

Personen in einem Abteil, das keine reservierten Plätze hatte. Ich weiß, das war egoistisch, aber nach der kurzen Nacht in Thessalaloniki und einer weiteren Nacht auf der Eisenbahn waren alle hundemüde und wollten versuchen, etwas zu schlafen: je zwei auf einer Bank. Anfangs, als der Zug noch nicht voll besetzt war, funktionierte die Strategie auch bestens, aber im Laufe der Nacht stiegen immer wieder Personen zu und klopften an unsere Abteile. Unser „reservato" erwiderten sie mit „schistra, schistra", einer Vokabel, deren Bedeutung wir vorher nicht kannten, aber leicht errieten. Dennoch blieben wir hart und verteidigten unsere Schlafposition erfolgreich.

In München, wo wir noch einmal umsteigen mussten, gab es am nächsten Nachmittag als Zugabe ein Schmankerl: Wir liefen der damaligen Filmgröße Ruth Leuwerik über den Weg, das erste Mal, dass ich einem Star der Leinwand sozusagen leibhaftig auf der Straße begegnete. Ein bisschen enttäuscht, das muss ich zugeben, war ich: Im Film sah die Leuwerik attraktiver aus als in Natur, aber zu ihren Gunsten wollen wir annehmen, dass auch sonst nach den zwei Nächten im Zug die Welt um uns herum nicht gar so rosig aussah.

Pünktlich um etwa 22 Uhr kamen wir in Pforzheim an - nur eben einen runden Tag später als vorgesehen. Meine vollreifen, süßen Orangen, die ich am letzten Tag als Mitbringsel auf dem Markt in Lebadia gekauft hatte, fingen schon an zu faulen.

Wir auch reserviert haben

Nein, Eile hatten wir keine. Unser Zug von Neapel war zwar mit Menschen vollgepackt gewesen, aber für Ferienzeit und italienische Verhältnisse hatte er Stazione Termini geradezu überpünktlich erreicht. Wir hatten genügend Zeit zum Umsteigen. Ob unser Zug nach Karlsruhe schon bereitstand? Wir bahnten uns gemächlich den Weg durch die Menschenmassen. Es war uns recht, zeitig die in Deutschland gebuchten Plätze im Liegewagen einzunehmen, man konnte in Italien ja nie wissen... Bahnsteig 5. Der Zug stand schon da, eine lange Wagenkolonne. Wir fanden unseren Wagen und stiegen auch gleich ein: sechs an der Zahl, also eine glückliche, für ein eigenes Liegewagenabteil passende Zahl,

Hier Nr. 13 - 18, das ist das Abteil, das wir suchen, unser Abteil. Doch ich traue meinen Augen nicht. Abteil belegt. Ich hole unsere Reservierung hervor und vergleiche. Doch, es stimmt. Dieses Abteil, das eine andere Familie in Beschlag gelegt hat, muss unseres sein. Ich vergleiche noch einmal die Wagennummer; es ist unser reserviertes Abteil. Forsch gehe ich hinein, um unsere Rechte anzumelden. Noch nie hatte ich ein Abteil so vollgepackt gesehen wie dieses; nicht nur die Gepäckablagen, nein, alles, was in einem Zugabteil halbwegs als Unterlage dienen konnte, war mit Koffern, mit Schachteln, mit Plastiktüten vollgestopft, auch die Sitze und der Boden. Am beeindruckendsten ein riesiger Plastikkanister auf der Gepäckablage, gefüllt mit mindestens einem Hektoliter dunklen Rotweins. Also ganz offensichtlich Italiener auf der „Heimreise" nach Deutschland.

Mir schwante Schlimmes. Blitzschnell kamen Erinnerungen hoch – unerfreuliche Erinnerungen an eine Rückfahrt von Rom an Ostern 1963. Ein nettes Völkchen von Rombegeisterten hatte sich gegen Abend in einem Liegewagenabteil zusammengefunden: Männer und Frauen, Bayern und Schwaben. Man verlebte einen vergnüglichen Abend, irgend jemand hatte noch Wein dabei – natürlich keinen 100-Liter-Kanister, sondern zwei oder drei Flaschen; sie reichten, die Zungen zu lösen und aufregende Romerlebnisse auszutauschen. Gegen elf Uhr zog man sich ein wenig aus und legte sich hin. Der erste Halt – mitten in der Nacht – war Florenz. Plötzlich durchdringendes Geschrei, deutsche und italienische Laute: „Dies ist doch unser Abteil. Hier sind unsere Reservierungen. Noi abbiamo riservado qui..." Allgemeine Unruhe bis hin zum Tumult. Auch wer schon geschlafen hatte, war hellwach geworden. Der Lärm hätte Tote aufgeweckt. Der Liegewagenschaffner wurde geholt, man stritt sich lautstark. Und schnell wurde klar, was geschehen war. Nein, keine Diebe, das war in den Zügen damals noch nicht so üblich. Nein, nein, das zum Glück nicht. Es waren lediglich die Plätze in unserem Wagen doppelt verkauft worden. Eine bittere Enttäuschung für die Neuankömmlinge. Aber die Italiener sind ja im Improvisieren als groß bekannt. So auch damals. Sie hängten einen oder mehrere Wagen – das konnte man von unserem Abteil aus nicht ab-schätzen – an den sowieso schon langen Zug an, und so trat allmählich wieder Ruhe ein. Mit einer Stunde Verspätung verließ der Zug den Bahnhof von Florenz.

Diese Erinnerung kam hoch, als ich die Tür zu „unserem" Abteil öffnete. Nur eine Frau saß drinnen, mittleren Alters, nicht besonders korpulent, bei der Menge des Gepäcks wäre ja auch kaum viel mehr Platz vorhanden gewesen. Ich hatte meine Reservierung in der Hand und suchte mein bestes Italienisch zusammen:

„Scusi me, noi abbiamo riservado questo compartimento."

Es entspann sich ein interessanter Dialog.

„Wir hier auch reserviert haben."

Ich hielt der Frau meine Reservierungen unter die Nase.

„Bitte, hier sind unsere Reservierungen. Die stimmen exakt mit den Nummerierungen hier überein. Sie müssen ein falsches Abteil belegt haben. Bitte, zeigen Sie mir doch Ihre Fahrkarten."

Im Geiste sah ich den Tumult in Florenz vor mir und hoffte, dass dieses Mal nicht wieder das gleiche Malheur passiert war. Es hätte uns schlimmer als in Florenz getroffen; dort lagen wir mehr oder weniger gemütlich auf unseren Pritschen, aber dieses Mal standen wir sozusagen draußen vor der Tür.

„Bitte, zeigen Sie mir Ihre Reservierungen!"

„Ich sie nicht haben, die mein Mann hat."

„Wo ist denn Ihr Mann?"

„Er im Bahnhof ist, er gleich wird kommen."

Ich wittere Morgenluft. Der Mann im Bahnhof. Offensichtlich haben sie keine Reservierungen, und er versucht, sich Liegewagenkarten zu besorgen.

„Ich werde jetzt den Schaffner holen."

„Das Sie ruhig machen, wir auch hier reserviert."

Also zog ich ab und suchte nach dem Zugbegleiter. Da ja noch eine geraume Zeit bis zur Abfahrt des Zuges war, hielt sich der Liegewagenschaffner noch nicht im Wagen auf. Es dauerte einige Minuten, bis ich einen Menschen gefunden hatte, der wie ein Offizieller aussah. Ich erklärte ihm die Situation, so gut ich es mit meinem Italienisch vermochte. Er schaute sich meine Reservierungen gründlich an, sehr gründlich; dann kam er mit mir. Im Abteil entspann sich ein Dialog zwischen Frau und Schaffner, er nahm sehr schnell an Lautstärke zu. Ich konnte nur im Groben folgen. Die Frau erzählte dem Schaffner, so schien es mir, dieselbe Geschichte wie mir. Sie hätten dieses Abteil reserviert, und ihr Mann habe die Reservierungen.

„Das kann nicht sein", so der Schaffner. „Der Signore hat die Reservierungen für dieses Abteil. Schaffen Sie Ihren Mann herbei, ich will Ihre Fahrkarten sehen. Bei uns gibt es keine Doppelreservierungen."

Ich dachte mir mein Teil bei dieser letzten Bemerkung, doch meine Hoffnung war gewachsen, vor allem weil die Frau jetzt abzog, um ihren Mann zu holen. Nach kurzer Zeit kehrten beide zurück.

„Bitte, Ihre Reservierungen."

Keine Reaktion. Jetzt war mir alles klar. Sie hatten nichts in der Hand. Wir hatten recht. Und zum Glück gab es an diesem Tag tatsächlich keine Doppelreservierung.

„Sie müssen sich ein anderes Abteil suchen", so der Schaffner, „aber die Liegewagen sind alle reserviert. Gehen sie in ein normales Abteil."

Ich traue meinen Ohren nicht:

„No", sagt der Mann. „Wir schleppen nicht das ganze Gepäck in einen anderen Wagen. Wir bleiben."

Wie würde der Schaffner jetzt reagieren? Der ohne Zögern:

„Sie können sich darauf verlassen, der Zug wird nicht abfahren, bevor Sie ein anderes Abteil aufsuchen. Ich hole jetzt die Bahnpolizei."

Polizei – bei diesem Wort gaben die ungebetenen Gäste auf. Unter lauter Missfallenskundgebungen – in den italienischen Flüchen kenne ich mich nicht so gut aus, aber der Lautstärke nach müssen es welche gewesen sein – fingen sie an, ihre Sachen zu packen. Besonders der schwere Weinkanister machte ihnen Mühe.

Ich hatte fast ein wenig Mitleid mit ihnen, aber dann dachte ich an die lange Fahrt nach Hause. Nein, sie mussten gehen. Ich half mit, den Weinkanister von der Gepäckablage herunterzuhieven.

Zweimal Rhodos

Kolymbische Nächte

Wir suchten die Stille, die Stille der Nacht
unter griechischem Himmel, auf Rhodos,
wo die großen Panaitios und Poseidonios wirkten,
für Humanität und das Einssein mit dem Kosmos.
Wir suchten die Stille der Nacht,
und wir gerieten in das Kreuzfeuer

von Disco und Open-Air-
Gedröhn,
wie aus tausend
Lautsprechern:
Oktoberfest,
Messerummel,
griechische Folklore, auch
harter Rock,
vor allem die schönsten
deutschen Schnulzen,
dazu die aufreizend-
obszöne Stimme eines
weiblichen Discjockeys
legten,
gleich dem
undurchdringlichen Netz des
Hephaistos
über dem Bett der
Aphrodite und ihres falschen
Liebhabers,
eine unentrinnbare
Lärmglocke über die Erde,
die, ausgedörrt von südlicher Sonne, sich anschicken wollte,
Gott Hypnos das Regiment zu übergeben.

Wir suchten die Stille,
die Stille unter griechischem Himmel.
Was wir fanden, war deutsche Gemütlichkeit.
Wir hätten es besser wissen können.

Das andere Rhodos

Kolymbia,
dieses Konglomerat von Pools und Hotels,
teutonisches Reservat unter griechischem Himmel,
das ist nicht Rhodos.
Rhodos:
das ist Atavyros,
der graue Alte,
Herrscher der Insel
unbezwingbar unter der glühenden Sonne,
das sind seine Söhne,
Akramitis und Profitis Ilias
und seine tausend Enkel im Rund.
Rhodos:
Das ist fruchtbares Land
in den Tälern,
das Rot der reifen Tomaten,
die silbernen Blätter des Olivenhains,
das lichte Grün der rhodischen Fichte,
das Dunkel der schlanken, zum Himmel weisenden Zypresse
und, in scharfem Kontrast,
die vom sommerlichen Helios verbrannten Wiesen.
Rhodos:
Das ist die Taverne
an der kleinen Plateia,
verborgen unter Weinlaub,
vom Tourismus nur gestreift,
einfach,

aber griechisch,
gut schmeckende Mussaka,
wohldosierter Knoblauch am Tsatsiki,
vielleicht noch Wein vom Fass
und zum Schluss ein gespendeter Ouzo.
Rhodos:
Das sind Zeugen
der großen griechischen Zeit,
die Burg in Lindos,
spärliches Ialyssos,
aber das in seiner vom Erdbeben gewirkten Zerstörung gut erhaltene
Kameiros,
im Land verstreut die zahlreichen Schutzburgen der Johanniter,
die Akropolis in der Hauptstadt,
doch vor allem die mittelalterliche mauergeschützte Altstadt
mit dem klotzigen Großmeisterpalast,
Zeugen ehemaliger Pracht und Macht,
und dem Gewirr schmaler, kopfsteingepflasterter Gässchen,
die im Menschengewimmel des Tages ihre Identität zu verlieren drohen,
doch am frühen Abend einen wohltuenden, ruhigen Charme entfalten.
Rhodos:
Das sind die Kirchen und Kapellen,
deren Zahl nicht einmal ein Rhodier zu nennen vermöchte,
mit ihren ehrwürdigen Fresken
und den Kuppeln,
die irdisches Singen
zu engelsgleichem Gesang veredeln.
Rhodos;
Das ist auch das Meer;
blaugefärbtes, gerippeltes Glas,
wenn der Wind ruht,
durchsichtig bis zum Grund,
dem Wanderer willkommen zu kurzem Verweilen,
in der sengenden Sonne kühlendes Labsal für Leib und Seele.

Das ist das andere Rhodos,
griechische Erde,
die wir lieben.

Sizilien

Sizilien - Stufen der Annäherung

Trinakria,
Ort der drei Spitzen,
Insel des Polyphem,
frühe Spuren im Gedächtnis,
10. Juli 1943:
Gela, die Wiederholung der Geschichte,
Erstarrung der Sieggewohnten,
Menetekel für die Großmäuligen,
Hoffnung für die Ausgestoßenen.
Wiedervorlage im Geschichtsunterricht:
junge Politen auf Suche nach neuer Heimat -
Messina, Syrakus, Naxos, Gela, Akragas, Selinunt,
römische Marschstiefel,
Eroberer aus aller Welt,
der „schwäbische" Herrscher mit italienischer Muttersprache,
Amalgam der Kulturen.
Trinakria,
Insel der Kyklopen;
die Originaltexte sprechen:
List und Vergehen des Odysseus,
Versuchsfeld der Philosophen,
das große Griechenland,
Maß übersteigende Tempel,
Theater,

der aus Hellas importierte Bruderzwist:
die Schlacht im Großen Hafen von Syrakus,
schrecklich endend für die Athener in den todbringenden Steinbrüchen,
das vergebliche „noli turbare circulos meos" des berühmten Erfinders,
die weder göttliche noch menschliche Würde scheuenden Raubzüge der
Unersättlichen,
die Spuren werden tiefer.

Trinakria,
Insel der Demeter,
Orchideenland,
geschaut im Blütenrausch des Frühlings,
der nur sparsam die grelle Hitze des Sommers erahnen lässt:
grün, gelb, blau, rot, gelb, grün,
die Fruchtbarkeit des Landes offenbarend,
und im Hintergrund immer das Meer und die Berge,
vor allem der Allbeherrschende,
sein Haupt mit Wolken verhüllend
oder mahnend mit weißem Rauch,

dass Hephaist noch immer lebe und arbeite,
die Tempel wie von gestern,
Concordia auf dem Hügel,
warm leuchtend im hellen Licht des Tages,
verzaubert in den milden Scheinwerferstrahlen der Nacht,
die Tempel, oft erschreckend in ihrem Übermaß,
noch erschreckend in der Zerstörung,
die Trutzburgen der Normannen und des Staufers,
Cappella Palatina, Monreale, Cefalú,
dunkel der Innenraum und doch erhellt vom Gold der Mosaike,
kündend die Verheißungen des Alten und des Neuen Bundes,
der überschwängliche sizilianische Barock in Noto und Syrakus,
die Gesichter leidend unter der Last der Geschichte.
Trinakria,
Sicilia,
Land des Polyphem,
Land des Hephaist und der Kyklopen,
Land der Demeter und der Persephone,
erahnt, ersehnt, erträumt, geschaut,
Orchideenland,
spät geschaut,
doch nicht zu spät.

Eliane Suter zum Abschied

Zwei Wochen Sizilien – wir blicken zurück,
zwei Wochen Sizilien –Tage voller Glück.
Natur und Kunst, Geschichte und Leute,
Menschen von gestern und Menschen von heute.
Bewandert, charmant doch mit fester Hand
führt uns Eliane durch trinakrisches Land.
Zwei Wochen Sizilien – wir blicken zurück;
Eliane, sie führte – das war unser Glück.

Ein toller Tag auf La Gomera (1992)

Wissen Sie, was ein Barranco ist? Nein? Dann können Sie entweder kein Spanisch oder Sie waren noch nie auf den Kanaren. Oder Sie waren auf den Kanaren, sind aber nur am Strand gelegen und haben keinen Fuß ins Landesinnere gesetzt. Wie dem auch sei: Ein Barranco ist ... Ach, was nützt es Ihnen, wenn ich den Ausdruck übersetze. In einem Barranco muss man gewesen sein, muss ihn erwandert, muss ihn erlebt haben – nur dann gewinnt man eine Vorstellung von dem, was ein Barranco darstellt; andernfalls, na ja, andernfalls hat man eine trockene Übersetzung und denkt sich gerade das Falsche. Am besten ist, ich erzähle einfach die Geschichte, wie wir vier den Engländer-Barranco bezwungen haben; so können Sie sich ein besseres Bild machen als mit dem Austausch von Wörtern.

Morgens um sieben marschierten wir von El Guirre los, unserem Feriendomizil in Valle Gran Rey auf der Insel La Gomera. Es war noch vollkommen dunkel und auch noch kühl. Kühle und Barranco – sie sollten immer zusammenkommen, sonst ... doch davon später. Also, wie gesagt, bei Dunkelheit und Kühle zogen wir los, und nach einer dreiviertel Stunde hatten wir den Eingang zum Barranco erreicht. Wir wussten, dass da ein Schild stand: „Diese Wanderung ist die schwierigste auf La Gomera. Sie führt durch Privatgelände. Zutritt ist nur für ernsthafte Wanderer gestattet." Nun, ernsthaft hatten wir schon vor, den Engländer-Barranco zu bezwingen, der eigentlich Barranco de Argaga heißt. Wir fühlten uns legitimiert, den Weg durch das Privatgelände zu nehmen. Schon dämmerte es.

Tatsächlich hatten wir schon einige Tage zuvor, eine Probewanderung im Engländer-Barranco unternommen, ungefähr eine Stunde in die Berge hinein. Es war ein schwieriger Weg und doch viel weniger schlimm als befürchtet – jedenfalls, soweit wir aufstiegen. Vor allem: Es war bis zu diesem Punkt durchaus möglich, denselben Weg gefahrlos zurückzugehen. Im Angesicht einer ziemlich steilen Felswand, durch die der Bergpfad führen musste, machten wir – etwas entmutigt oder einfach auf nichts anderes vorbereitet? – Halt und vesperten. Johanna war fest entschlossen, nicht noch einmal in den Engländer-Barranco zurückzukehren. Ich fühlte gewisse Sehnsüchte *ad astra* und zugleich handfeste Zweifel an der Möglichkeit der Realisierung; dagegen sah sich die bergerfahrene Christel mit ihrem Günther schlichtweg herausgefordert, die 1000 Meter von der Meereshöhe nach einem auf der Karte eingetragenen Ort namens Gerian zu überwinden, einem Ort, der seinem Namen und seiner Lage nach sicher sehr romantisch sein musste. Sie überredeten uns beide mitzumachen, und jetzt war es eben so weit. Wir nahmen den Barranco in Angriff.

Wie sieht er nun aus, der Barranco de Argaga? Zuerst noch die Häuser der Bananen-Hazienda, folglich auch noch ein ordentlicher Weg, gerade geschaffen für den Marsch in der Dämmerung, entlang einem vertrockneten Bachbett mit schon recht steilen Berghängen auf beiden Seiten, also der Anfang einer Schlucht. Kaum haben die Wanderer jedoch die Häuser hinter sich gelassen, ändert sich die Szenerie. Der Weg verkümmert zu einem gerölligen Fußpfad, der am Bachbett entlang oder auch durch das Bachbett, öfter über Mäuerchen hinweg führt; die Hänge werden steiler, bizarrer, farbiger. Manchmal öffnet sich die Schlucht zu einer Senke oder Terrasse, die früher als Bananen- oder Mangoplantage genutzt wurde. Auf den Terrassen stehen auch ab und zu Solitärpalmen. An den Hängen wachsen halbtropische Büsche, welche Botaniker hell entzücken, mich im Augenblick aber kalt lassen. Gelegentlich kann man das aus Reiseführern bekannte und recht merkwürdig klingende Gomera-Pfeifen hören. Bald nähern wir uns der Vesperstelle des Erkundungsganges und damit der querstehenden, den Weg scheinbar versperrenden Wand im Vordergrund. Doch heute gibt es hier noch kein Halten, vor allem keine Umkehr; Höheres ist das Ziel. Immer wieder verliert sich der Weg im Geröll, taucht etwas oberhalb auf und frisst sich erneut in den Berg hinein. Große rote Punkte, die ein freundlicher Vorgänger als Wegmarkierung auf die Felsen gemalt hat, geben das Geleit; undenkbar, den Aufstieg ohne sie zu schaffen!

Die erste Stunde glich, wenn man sehr großzügig ist, noch einem Spaziergang, die zweite Stunde einer schwierigen Bergtour, und doch sollte sie nicht der dramatische Höhepunkt des Tages werden. Zunächst aber kein Schritt und kein Tritt, ohne dass die Wanderer die Sicherheit des Bodens oder der Steine prüfen; immer wieder müssen die Hände mitarbeiten und festen Halt verschaffen. Man kommt ins Schwitzen, jetzt schon, obwohl noch keine Sonne in den Barranco hereindringt, obwohl die Luft noch kühl ist. Entscheidend ist, die Höhe zu gewinnen, bevor es heiß wird. Also nur die notwendigsten Verschnaufpausen, bloß kein Verweilen. Und doch lohnen sich die Blicke den Barranco hinunter. Der Pfad lässt sich streckenweise bis in den Talgrund verfolgen, das Meer schimmert dunkelblau in der Tiefe, aber zum Schauen bleibt nicht viel Zeit. An einer Stelle windet sich das trockene Bachtal nach links, hier wird es wohl entlanggehen, vermuten wir: Doch nein, der Pfad führt nach rechts, mehr oder weniger in die steile Wand hinein. Ein beschwerlicher, riskanter Aufstieg. Dank sei den roten Punkten!

So vergeht langsam, sehr langsam die zweite Stunde im Geröll, und gelegentlich tauchen zwischen Steinmäuerchen wieder Terrassenfetzen auf, meistens aufgegeben, manchmal auch bebaut. Noch führt kein Weg von hier weg, noch ist man mitten in der Wildnis der Berge, und doch müssen solche Felder von irgendwo her – von Gerian aus? – zugänglich sein. Wie? Mit Eseln oder zu Fuß? Allmählich flacht das Gelände leicht ab; jetzt dringt auch die Morgensonne herein und schleudert ihre Hitze in den Barranco hinab. Ein Glück, es kann nicht mehr weit nach Gerian sein. Es wäre furchtbar, mitten im Barranco von der Hitze gefangen zu werden. Und irgendwann im Verlauf der dritten Stunde, so gegen 11 Uhr, erreichen wir einen Garten, der sich einen leichten Hang hinabzieht; drinnen arbeitet ein Mann, und vor dem Garten grast ein Esel. Ab jetzt gibt es auch einen Weg. Man nähert sich der Zivilisation; das Ende des Barranco naht. Die Schritte beflügeln sich, und noch während der dritten Stunde kommt Gerian in Sicht und wird auch in wenigen Minuten erreicht. Vielleicht findet man hier eine Bar, in der man sich mit Bier oder *Agua mineral* erfrischen kann? Verschwitzt, ausgedörrt, auch leicht erschöpft stehen wir vier am Rande des Dorfes. Jetzt wissen wir ganz genau, was ein Barranco ist, und *Sie* können sich gewiss auch ein Bild davon machen. Das wollten Sie doch, oder nicht?

Gerian - das romantische Dorf auf der Höhe? Nun, das ist eine Frage der Definition von Romantik. Der Ort besteht aus ein paar Steinhäusern, mehr verfallene als bewohnte, und alles erscheint karg und arm und außer ein paar Palmen scheinbar ohne Leben. Wie im Barranco dominieren auch hier die Steine: am Wegesrand, als Sitzbank, auf den Dächern zur Befestigung der Ziegel, als Mäuerchen zur Einfriedung dessen, was einst ein Gärtchen war. Menschen − gibt es hier überhaupt noch Menschen? Mit Sicherheit findet man hier keine Bar, schon gar kein Restaurant. Gerian - ein Ort hinter dem Mond. Romantik? Jedenfalls brennt die Sonne in der späten Vormittagsstunde schon unbarmherzig, und nur die paar Palmen am Ortseingang spenden Schatten. Dort rastet man auf einer Steinbank und leert sein letztes Getränk - immer noch in der vagen Hoffnung, Leben in diesem Ort zu finden.

So saßen wir vier Freunde unter Palmen, freuten uns trotz unserer unübersehbaren Müdigkeit unbändig, dass wir den schwierigen Engländer-Barranco bezwungen hatten, dass es noch relativ früh am Tag war und dass wir jetzt nur noch die sicherlich leichte Frage des Rückwegs zu klären hatten. Theoretisch standen uns drei Möglichkeiten offen − die einfachste und schwierigste zugleich: den Engländer-Barranco wieder hinab; einfach, weil wir den Weg jetzt kannten, aber schwierig, ach was schwierig: unmöglich, weil jetzt schon die Sonne im

Barranco brütete und der Abstieg durch das unwegsame Gelände ungleich größere Probleme aufwerfen würde als der Aufstieg. Nein, zurück durch den Engländer-Barranco – außerhalb jeder Diskussion!

Weg zwei: Abstieg über zwei Bergrücken ins Valle Gran Rey an der Ermita de Los Reyes vorbei. Nein, um Gotteswillen, auch diesen Weg nicht! Einige Tage zuvor waren wir nach einem wohlschmeckenden und ausgiebigen Mittagessen mit Gofio und Gomerawein bei der berühmten Donna Efigenia von Las Hayas in der Mittagsglut ins Valle Gran Rey abgestiegen. Christel, die Hitze nicht gut verträgt, hatte, gelinde formuliert, gewisse Schwierigkeiten, und von mir, der ich dem kühlen und süffigen Gomerawein zu stark zugesprochen hatte, wollen wir auch nicht reden! Erschöpft waren wir alle vier bei den ersten Häusern des Valle Gran Rey – noch ganz oben – in den Schatten gesunken und hatten uns nichts anderes mehr herbeigewünscht als ein Taxi nach El Guirre. Um Gotteswillen, bloß nicht noch einmal einen Barranco in der Mittagshitze durchwandern! Ein Barranco braucht Kühle, will besagen, er braucht den frühen Tag, sonst wird er zur Hölle. Und wer will nach einem so himmlischen Tag, mit dem Engländer-Barranco im Rücken, noch in die Hölle?

Also blieb nur Weg Nummer drei: von Gerian nach Chipude, das auf 1200 Meter Höhe liegt, somit nur noch einen geringen Aufstieg erfordert. In Chipude würde nach dem Fahrplan um 13.15 Uhr ein Bus ins Valle Gran Rey fahren, für Barranco-Bezwinger wie geschaffen. Wie weit wird es nach Chipude noch sein? Am Ortsausgang treffen wir auf einen Alten, der auf einem Steinmäuerchen sitzt und in den Tag hineinträumt – vielleicht von früheren guten Tagen? Ich als der „Spanischspezialist" frage nach dem Weg. *Una hora* – das hört sich gut an, wird keine Probleme geben, vermuten wir. Würde uns sogar genügend Zeit für einen Aufenthalt in einer Bar bei wunderbar kühlen Getränken lassen – was für eine herrliche Aussicht! Wir bekamen sie auch, verstehen Sie, die Zeit in der Bar – allerdings doch auf andere Weise, als wir es uns gedacht hatten.

Von Gerian nach Chipude führt eine Straße, was man eben dort so Straße nennt. Nicht etwa asphaltiert, wo denken Sie hin! Nein, es war ein staubiger, von der Sonne ausgedörrter roter Fahrweg, der in großen Kurven aufwärtsführt. Glücklicherweise wagte sich gerade jetzt kein Auto auf diese Piste; Landschaft und Fußgänger würde es in undurchdringliche Staubwolken hüllen. Die neue

Ermita bei Gerian, unweit vom Wege, bietet herrliche Ausblicke, nach Arure, einem Dorf auf einer gegenüberliegenden Höhe, und hinab ins Valle Gran Rey. Die Sonne brütete, Schatten gab es nirgendwo und zu trinken auch nichts mehr. Aber *una hora* – das würde man schon aushalten. Jedoch in der Gluthitze auf der freien Hochebene, die dem Brutofen in einem Barranco um nichts nachstand, und dazu ohne jedes Getränk empfindet man eine Viertelstunde schon als recht lästig, und der Übergang von Unbequemlichkeit zu Tortur kann sehr fließend sein. Letztes Obst wird gegessen, eine halbe Stunde, eine dreiviertel Stunde vergeht – von Chipude keine Spur. *Una hora* – dies schien uns jetzt schon sehr untertrieben zu sein.

Glücklicherweise kamen wir an ein paar Feigenbäumen vorbei, die am Wegesrand standen, wilde oder aufgegebene – das redeten wir uns jedenfalls ein. Die Bäume trugen herrliche, reife Früchte; wäre es nicht jammerschade gewesen, sie umkommen zu lassen? Und wie sie schmeckten! Einfach wunderbar, und für ein kleine Weile verdrängten sie das Durstgefühl. Gebäude zeigten sich, im Talgrund ein Hof, in weiter, unendlich weiter Ferne vor dem Bergmassiv der Fortalezza ein Dorf, aber *una hora* – das konnte, durfte Chipude nicht sein. Wo lag jedoch Chipude?

Nicht nur die Schatten, auch die Schritte der Wanderer wurden kürzer und kürzer. Die Zeit verging und verging. Es war nicht zu übersehen: Wir litten. Jetzt waren wir doch noch in die Hölle geraten. Würden wir den Bus überhaupt noch erreichen? Der nächste fuhr am Abend, und zu diesem Zeitpunkt wollten wir schon längst – nach einem ausgiebigen und erfrischenden Bad im Atlantik – in einem Lokal sitzen, einheimischen Fisch genießen und Gomera-Wein schlürfen. Wir *mussten* es schaffen! Die Felder entlang des Weges, früher einmal für Ackerbau genutzt, lagen weithin brach. – Welche Erleichterung, als irgendwann Weinberge auftauchten, jetzt hoch erwünschte Zeichen der Zivilisation! Nun konnte es doch nach Chipude nicht mehr allzu weit sein – und tatsächlich, wir erspähten Häuser, und dieses Mal in der richtigen Richtung! Chipude – noch ein Viertelstündchen; wir versuchten, den Schritt etwas zu beschleunigen, um nicht nur den Bus, sondern auch vorher noch eine Bar zu erreichen.

Und gerade jetzt, im Angesicht von Chipude, die rettende Bar greifbar nahe, erlitt Christel einen Schwächeanfall. Günther setzte sich mit ihr zu einer

Verschnaufpause an den Straßenrand, Johanna und ich marschierten weiter, um auf jeden Fall das Terrain, sprich die Barsituation, zu erkunden oder gegebenenfalls auch Hilfe zu holen. Oben durch das Dorf fuhr ein Bus in Richtung Valle Gran Rey, aber es war doch noch vor 13.00 Uhr – sollte er etwa zu früh durchgekommen sein, oder sollte gar der Fahrplan nicht stimmen? Ach was, sicher war es ein Touristenbus, keine Sorge!

Johanna und ich hatten das Dorf erreicht, die beiden anderen kamen, wie wir sehen konnten, langsamen Schrittes nach. Die oben Angekommenen winkten, machten Zeichen, die Trinken verhießen: drei oder vier Bars zierten die Ortsmitte. Alles sollte gut werden. Ich erkundete die Situation. Ja, der Bus würde fahren, *alla una*, merkwürdigerweise also eine Viertelstunde früher, als der Fahrplan signalisiert hatte, aber schließlich war man ja nicht in Deutschland! Irgendwie würde schon alles stimmen! Auf dem Marktplatz angekommen, stürzen wir vier in die Bar, vor welcher der Bus nach Auskunft der Einwohner abfahren sollte.

„Fährt heute ein Bus?"

„*Si, si*", sagt der Wirt, „*alla una*. Ihr habt noch Zeit, etwas zu trinken."

Es ist schon fünf vor eins, wir setzen uns ermattet an einen Tisch, stürzen das kühle *Agua mineral* hinunter, und ich warte draußen, damit wir den Bus nicht etwa im letzten Moment verpassen. Ein Uhr geht vorüber, jedoch der Bus kommt nicht. Hatte der Fahrplan doch recht: 13.15 Uhr und nicht *alla una*? Es wurde 13.15, es kamen mancherlei Busse, hielten und fuhren weiter. Ich stürze hin. „*No, no*", sagen die Fahrer, „wir gehen nicht nach Valle Gran Rey." Irgendwann merken die müden Wanderer, dass es Schulbusse waren. Es geht gegen halb zwei. Kein Bus. „*Alla una*", sagt der Wirt und zuckt mit den Schultern. Wir sitzen jetzt draußen auf der Bank und schauen immer sehnsüchtiger die Straße hinauf, doch Minute um Minute verrinnt: nichts tut sich.

Schließlich gelingt es mir, einen Schulbusfahrer nach dem Linienbus zu fragen. „Der Bus nach Valle Gran Rey? *Non viene hoy, kaputt!*" So einfach ist das, er kommt heute nicht: kaputt. Es gibt auch keinen Ersatz. Eine schöne Bescherung. Da ein Fußmarsch nach Hause absolut ausgeschlossen ist, bleiben nur zwei Möglichkeiten: entweder auf den Abendbus zu warten oder ein Taxi aufzutreiben.

„*Si, si*", sagt der Wirt, „es gibt ein Taxi in Chipude."

Ob er es für sie bestellen würde?

„*Claro*", antwortet der Wirt und geht zum Telefon. „*Si, si*, er kommt, muss aber noch etwas essen. *Diez minutas.*"

Zehn Minuten? Wir richten uns ein. Was bedeuten in Spanien schon zehn Minuten? Und tatsächlich: Das Taxi kommt nach etwa einer halben Stunde – und Sie mögen es glauben oder nicht: Mitten in der Wildnis fährt ein nagelneuer Mercedes vor – und kein 190er! Wir vier fallen in die feinen Polster; denken Sie nur nicht, ein Clubsessel könnte besseren Komfort bieten. Der Chauffeur fährt auf den schwierigsten, schwindelerregenden Strecken mit traumwandlerischer Sicherheit, nicht schnell, aber auch nicht langsam, sozusagen zügig-gemütlich. In einer Stunde steht das Taxi vor El Guirre. Himmel und Hölle in einem – war das nicht ein toller Tag?

Blick auf Fortalezza

Ein zweiter Blick auf La Gomera (2005)

Unerschüttert
in alter Gelassenheit
ruht der Fels im Atlantik:
La Gomera,
eine Glocke auf dem Meer
mit tiefen Rissen in seinem Mantel,
die Barrancos.
13 Jahre
eine Winzigkeit
für den Urklotz am Rande Europas
und doch auch wandelbar.

Schon der Katamaran;
er durchpflügt die See in der Hälfte der Zeit,
verjagt jedoch
mitsamt den Fontänen des Wals
die frohen Gesellen,
welche unsere Fahrt vor Jahren begleiteten.
Das schlangengleiche Straßennetz,
wie könnte es in dem Felseneiland anders sein,
spärlich für immer und ewig,
doch in seiner EU-geförderten Pracht
für den Autofahrer,
vertraut nur noch mit den holprigen Straßen der Heimat,
eine fast vergessene, samtene Erfahrung.

Wo sind sie geblieben:
die Aussteiger von einst?
Lehrer und Richter in der einst verachteten Heimat?
Wo sind sie?

Unübersehbar jedoch:
die Zahl der Touristen,

weit mehr als ehedem,
doch mit identischem Erscheinungsbild,
Wanderstiefel und Rucksack
jetzt auch Wanderstöcke,
geführt über Pisten,
alte, geröllige Dorfverbindungen,
über schmale Eselspfade,
nicht nur geleitet von Goldstadt und Dumont,
neuerdings auch von modernen Wegmarkierungen,
gefasst als Wegenetz,
Tribut an die Touristen.

Auch Mülltrennung schon angekommen,
doch für viele noch ein Fremdwort,
das stetiger Übung bedarf.

La Gomera
Insel am Rande Europas,
mit Sicht in die Weite
und erstem Zugriff zur neuen Welt,
unverrückbar,
geschaffen für die Ewigkeit
vielleicht.

Was nicht in den Prospekten steht

„Eine Müllkippe" – der erste Gedanke, der uns durch den Kopf schoss, als der Kleinbus mit uns die letzten 200 Meter über einen geröllichen Parkplatz, vorbei an einer aufgebaggerten Schotterstraße, nach Los Lajones, unserem Apartmenthaus, rumpelte: Baggerlärm, herumliegende Bretter und Papp-kartons, Plastiksäcke und Glasscherben, Gestrüpp und Geröll, Baugruben und verfallene Hütten, leere Bierdosen. In dieser Umgebung sollten wir 14 Tage wohnen? Der Schock saß tief. Und es ging weiter: Die Rezeption geschlossen; keiner, so schien es, der uns in Empfang nehmen wollte. Günther und ich streiften um das Haus, suchten ratlos nach einem Eingang. Niemand, den wir hätten fragen können. Zum Glück erschien nach einigen Minuten ein brummiger Palmero, der Mann von der örtlichen Vertretung unseres Reiseunternehmens. Er zeigte uns unsere Apartments, doch ich bekam gleich mit ihm Streit, weil er mir trotz Protestes auch *mein* Voucher-Duplikat abnahm; er schien wohl die Fotokopie für seine Akten sparen zu wollen.

Die Wohnung war in Ordnung – schien es jedenfalls zu sein. Vom Balkon aus differenzierten und erweiterten sich die zunächst pauschalen Eindrücke. Vor unseren Augen unser Urlaubsort Puerto Naos, begrenzt durch die pompöse Massenunterkunft, das Hotel El Sol, zwischen Dorf und Hotel ein durchaus ansehnlicher Lavasandstrand, der größte auf La Palma. Die Geröllmassen zum Meer hin schälten sich allmählich als Lavagestein heraus, Endpunkt des 1949 ausgebrochenen San Juan - nicht ästhetisch, aber doch reale Natur. Die Müllkippe im Vordergrund blieb uns erhalten, auch die aufgerissene Straße und der Baggerlärm. Ach ja, wir erinnerten uns: „Mit Baulärm am Ortsausgang“, so stand es im Prospekt, „muss gerechnet werden.“ Wir postierten uns so auf dem Balkon, dass wir mit den Eisenrohren des Geländers die hässlichsten Dinge verdeckten, und gewöhnten uns allmählich an das Ungewöhnliche.

Wie gesagt, die Wohnung – innen das Übliche, durchaus zweckmäßig eingerichtet, allerdings etwas vernachlässigt (der Kühlschrank zum Beispiel total vereist) –, also die Wohnung schien in Ordnung zu sein – schien es, bis zum Freitagabend, als der elektrische Herd uns ein warmes Abendessen verweigerte: er wollte nicht mehr. Aber nicht nur der Herd stellte seine Mitarbeit ein; fast die gesamte Stromversorgung streikte. Schließlich fanden wir heraus, dass ein Sicherungsschalter defekt war; er ließ sich nicht mehr in die ordnungsgemäße Lage nach oben drücken. Ich machte mich sofort auf zu unserem Verbindungsmann, doch um 19.25 Uhr – fünf Minuten vor Büroschluss – war der Laden schon dicht. Über Nacht erholte sich der Sicherungsschalter so weit, dass wir gerade noch zum Frühstück unser Teewasser kochen konnten; dann war schon wieder alles vorbei.

Als ich Petra im Büro unser Missgeschick schilderte und auf Abhilfe drängte, schüttelte sie bedenklich den Kopf: „So schnell reparieren – und dazu noch am Wochenende?“ Vermutlich müssten wir am Abend umziehen. Die Vermutung wurde zur Gewissheit. Vorher rechts von Günther und Christel, jetzt links von den beiden, doch mit einem anderen Aufgang; auch wenn ein großer Teil des Umzugs in gemeinsamer Arbeit über die Balkone abgewickelt wurde, ging doch der halbe Samstagabend auf diese Weise flöten. Auf eine Flasche Wein als kleine Entschädigung warteten wir vergebens – und bei alledem war der Ärger noch nicht zu Ende!

Unerklärlicherweise taute der auch in diesem Apartment völlig vereiste Kühlschrank in zwei Raten ab und setzte jedes Mal nicht nur sein Inneres, sondern auch die halbe Küche unter Wasser. Was war geschehen? Beim Umziehen hatten wir, jetzt hellhörig geworden, bemerkt, dass auch hier ein Sicherungsschalter nach unten, also, so schien es, falsch stand. Der freundliche junge Mann vom Büro, darauf aufmerksam gemacht, erklärte, daran hänge der Kühlschrank, und drückte den Schalter nach oben – und genau damit tat er das Falsche. Der Schalter war nämlich, wie wir später merkten, verkehrt montiert (sozusagen auf dem Kopf) und stand in der sonst falschen Richtung (nach unten gedrückt) korrekt, in der normalen Richtung (nach oben) jedoch falsch. Genau dies, die falsche Montage, führte zu einer falschen Reaktion und damit zu den Überschwemmungen. Im Gegensatz dazu sind ein paar andere Missgeschicke in der neuen Wohnung geradezu geringfügig, der Erwähnung kaum wert: klemmende Eingangstür, lose Beschläge an Haus- und Balkontür, ab der Wochenreinigung fehlende Fußmatte im Badezimmer. Die entsprechenden Bemerkungen wurden im Büro halb-freundlich zur Kenntnis genommen, und dies war's denn auch.

Von den 29 Wohneinheiten waren zu dieser Herbsteszeit nur wenige bewohnt - also eine hervorragende Voraussetzung für friedliche Tage. Um so erstaunlicher erschien es uns, wie laut es in Los Lajones dennoch sein konnte, ganz besonders in den nächtlichen Stunden des Tages. Schräg über unserem Apartment wohnte an den Wochenenden – wohl der Besitzer – ein Caballero mit zwei Kindern, Jungen von etwa sieben und zehn Jahren. Wir nannten sie nur die Teufelchen. Der Vater glänzte im Allgemeinen durch Abwesenheit, und so blieben die armen Kerle sich und ihren Streichen allein überlassen: laute Musik mit dröhnenden Bässen (der halbrunde Bau wirkte – nicht nur *hier* – wie ein Schalltrichter), Werfen von Schottersteinen in den Swimming Pool, Schleudern von Objekten vom Balkon in den Hof (z.B. Wäscheklammern, zerbrochene Musikkassetten), abendliche Freudenfeuer auf der „Müllkippe",

Zertreten von Blumen im Garten, lautstarke Non-Stop-Streitereien (der Große reizte den Kleinen bis aufs Blut). Meine Spanischkenntnisse reichen leider nicht aus, in einem solchen Fall sinnvoll einzugreifen. Welch eine Wohltat, als die Teufelchen früh am Montagmorgen abzogen, und welch ein Schreck, als sie am Freitagabend wieder auftauchten! Arme Kerle.

Aber auch harte, bierselige deutsche Laute, von Gelächtersalven immer wieder unterbrochen, können sehr störend wirken - besonders wenn die Mitternacht schon hinter einem liegt. „Happy birthday to you!", dringt durch die geöffnete Balkontür ein. „Ich habe doch heute Geburtstag, da kann ich mir das erlauben." Natürlich, schließlich sind wir doch nicht in Deutschland, wo die Polizei – vielleicht – einschreiten würde! Außerdem: Was geht mich die Nachtruhe fremder Menschen an? Recht hat er - schließlich könnte man doch die Balkontür schließen und dafür die Schlafzimmertür öffnen. Dann müsstet ihr auch nicht unter den Rauchschwaden leiden, die das ganze Apartment vom weit entfernten oder auch vom nahegelegenen Nachbarbalkon füllen.

Nein, die Balkontür schließen, gerade das könnten wir nicht! Denn unmittelbar hinter den Schlafzimmern führt, was die Prospekte so nett verschweigen, die Hauptstraße nach Puerto Naos vorbei, und auch wenn nur jede Minute ein Auto – so direkt und nur durch eine niedere Mauer abgeschirmt – an meinem Kopf vorbeifährt und Gas gibt und ich zwischen Motorenlärm oder lauten Stimmen, zwischen Autoabgasen und Mitrauchen wählen muss, dann entscheide ich mich für das kleinere Übel: die offene Balkontür. *Alle* Türen zu schließen – das verbieten die von uns ansonsten durchaus geschätzten lauen Lüfte von La Palma.

All dies: Müllkippe, Wohnungswechsel, Lärm – all dies steht nicht in den Prospekten. Wer einige Lebenserfahrung besitzt und auch zwischen den Zeilen zu lesen versteht, weiß natürlich, dass er mit solchen Misshelligkeiten rechnen muss. Nur traten sie in unserem Fall reichlich kompakt und manchmal sehr irritierend auf. Dass uns auf La Palma eine durchaus kompetente – überörtliche – Reiseleitung erwartete, dass Strand und Meer schön und erholsam, die geologischen Formationen (der gewaltige Kessel der Caldera, die Vulkane) umwerfend und somit auch die Wanderungen voller Reiz waren: dies konnte man nach den Prospekten mit Fug und Recht erwarten. Zum Glück ließen die positiven Aspekte die Unannehmlichkeiten unseres Domizils zeitweise vergessen und den Urlaub auf La Palma trotzdem zu einem Erlebnis werden. Ein bisschen netter als in Los Lajones hätten wir es freilich schon gern gehabt!

Diesen Bericht schickten wir unserem Stuttgarter Reiseveranstalter. Sie waren natürlich nicht „amused", entschuldigten sich und versprachen, uns bei der nächsten Buchung eine Sonderbehandlung zukommen zu lassen. Dazu kam es leider nie: Wenig später machten die Stuttgarter Bankrott und so blieb ihr Versprechen bis heute nicht eingelöst.

Höhlenjagd in Nordspanien

Doch, in der Nähe von Gernika gebe es auch eine prähistorische Höhle mit Malereien, die Cueva de Santimamiñe. Leider, leider stand bei unserem viertägigen Besuch über Pfingsten 1991 mit dem Motettenchor keine Zeit zur Verfügung, die Höhle auf der Markung dieser baskischen Stadt zu besichtigen. Dies war um so bedauerlicher, als wir erfuhren, dass sie bei der Bombardierung Gernikas durch die Legion Condor eine nicht unwichtige Rolle gespielt hatte. Die 43 deutschen Kampfflugzeuge flogen damals in mehreren Wellen im Abstand von etwa 20 Minuten Gernika von Süden über den Rio de Oca an. Als die ersten Bomben fielen, flüchteten zahlreiche Menschen in die mittelalterliche Pfarrkirche Santa Maria und suchten dort Schutz; doch als eine Brandbombe das Kirchendach durchschlug und auch dem Gotteshaus die Zerstörung drohte, schickte der Pfarrer die Leute in einer Bombardierungspause weg; sie sollten lieber in dem auf dem Berg gelegenen Weiler Lumo oder in der Höhle Santimamiñe Schutz suchen. Über 500 Menschen hasteten zu der sechs Kilometer entfernten Höhle, wo sie vor den Bomben sicher waren. Also eine Höhle mit doppelter geschichtlicher Bedeutung. Und wir konnten sie nicht besichtigen!

Man tröstete uns. Wir hätten bei unserer Reise nach Santiago de Compostela noch mehrere Gelegenheiten, Cuevas zu besichtigen; vor allem die berühmteste aller Höhlen, Altamira, in der Nähe von Santilla del Mar gelegen, sei doch auf unserer Route. Wenn wir die besichtigten, könnten wir die Santimamiñe vergessen. Johanna und ich setzten uns nämlich nach den vier Konzerten am Flughafen von Bilbao vom Chor ab, der wieder nach Hause flog, und machten eine zehntägige Reise entlang der Küste auf dem *alten* Jakobsweg und dann wieder zurück auf dem *camino* mehr im Inland, jener Route, die sich aus Sicherheitsgründen später als *der* Pilgerweg durchgesetzt hatte.

Auf der Küstenroute gebe es also, wie gesagt, Höhlen genug. Ich vertiefte mich in den Polyglott und suchte nach Altamira – und gleich die erste Enttäuschung: „Die Bilderhöhle ist nur mit einer mindestens vier Monate vorher erfolgten Anmeldung bei ‚Cueva de Altamira‘, E-39330 Santillana del Mar (Cantabaria) zu besichtigen.“ Nun, dafür war es leider zu spät. Vier Monate vorher hatten wir noch kaum gewusst, dass der Chor eine Konzertfahrt nach Gernika durchführen würde, und noch weniger war uns zu diesem Zeitpunkt klar, dass wir mit dem Gemeinschaftsticket der Lufthansa auch getrennt zurückfliegen und somit noch einen Urlaub in Nordspanien machen konnten. Also strichen wir sofort Altamira und suchten nach einem Ersatz. Im Polyglott wurden wir unter dem Eintrag von Laredo, einem Küstenstädtchen mit herrlichem Sandstrand, schnell fündig:

„Von *Colindres* aus sollte man einen Abstecher (20 km je Weg) über den Wallfahrtsort *Limpias* nach *Ramales de la Victoria* (2200 Einw.) machen. Von den nahebei gelegenen Höhlen ist besonders die Höhle *Covalanes* besuchenswert (eiszeitliche Felsenmalereien, vor allem Tierdarstellungen; Di-So 10-13 und 15.30-19.30 Uhr; man erkundige sich zuvor im Haus Plaza José Antonio 5 in Ramales nach dem Führer).“

Sehr gut, ein Abstecher von 20 Kilometern ins Inland würde uns zeitlich nicht allzu sehr belasten, der Wochentag – Dienstag - passte auch, den Nachmittag konnten wir uns einrichten. Wir fuhren also nach Ramales, fanden in dem kleinen Ort schnell einen Parkplatz, fanden auch nach einigem Suchen das Haus Plaza José Anatonio 5, doch über die Schlüssel für die Höhle wusste man dort leider nichts. Man riet uns, wir sollten uns in der gegenüberliegenden Bar erkundigen. Nein, dort wusste man auch nichts, oder zum mindesten nicht viel. Ja, der Schlüssel sei früher hier irgendwo gewesen, aber jetzt sei er wahrscheinlich im *Ayuntamiento*, dem Rathaus. Das Rathaus sei nicht weit von hier. In wenigen Minuten hatten wir auch dieses gefunden. Nein, sie hätten den Schlüssel nicht. Der sei jetzt in der Hand der Provinzregierung. Aber der Mann sei hier, sei oben in der Höhle, wir sollten einfach hinauffahren.

Also fuhren wir mit unserem Mietwagen, einem recht schnellen R5, hinauf, wirklich hinauf; denn sehr rasch erreichten wir die Ausläufer der

Kordilleren, ein karges, schroffes, ja majestätisches Bergland. Die Fahrt zur Höhle dauerte ihre Zeit, denn die Straße – eine wichtige Verbindungsstraße über das Gebirge nach Burgos – stieg andauernd an, sie war kurvenreich und gut befahren. Die Höhle lag ganz in der Nähe der Hauptstraße, war bezeichnet und hatte auch in der Nähe des Eingangs einen Parkplatz für die Besucher. Als wir kamen, fuhr gerade ein Auto mit mehreren Personen weg, aha, es gab also Besucher hier oben. Wir parkten und gingen die paar Schritte zum Eingang. Doch dieser war mit einer Eisentür fest verschlossen, zu sehen war niemand. Wo hielt sich besagter Mensch mit dem Schlüssel bloß auf? Gab es noch einen anderen Eingang? Wir suchten, doch es fand sich keine zweite Tür. Was tun? Es war doch Dienstagnachmittag, nach dem Reiseführer die richtige Zeit zur Besichtigung. Wo blieb der Mensch?

Wir beschlossen, in dieser schönen und schon recht einsamen Gegend einen kleinen Gang zu tun, die Sonne schien so warm, Adler kreisten, der Mann mit dem Schlüssel würde bestimmt kommen. Wir gingen zuerst links an der Höhle vorbei bergauf in die eine Richtung, dann rechtsherum eher eben. Ein Auto kam. Der Führer? Nein, mehrere Personen, doch wohl auch Besucher. Sie würden auch schnell merken, dass die Tür verschlossen war. Wir setzten unseren Gang noch etwas fort; als wir umdrehten, sahen wir den Fahrer des Autos am Feldweg sitzen und „ein Geschäft" besorgen. Also doch keine Besucher, die uns Hoffnung gegeben hätten! Schließlich beschlossen wir aufzugeben. In Ramales ging ich noch einmal auf das Rathaus, um unseren Misserfolg zu melden. Man zuckte mit den Schultern: „Tut uns leid, Sache der Regierung. Probieren Sie morgen wieder." Nun, bis morgen wollten wir uns in dem Nest nicht aufhalten und fuhren zurück, um in Santona eine Übernachtung zu suchen. Es würde ja noch andere Höhlen auf unserer Route geben.

Am nächsten Tag war das berühmte Santillana del Mar unser erstes Hauptziel. Doch für unterwegs fanden wir im Poyglott eine einladende Notiz für einen zeitlich nicht zu belastenden Abstecher:

„Man kommt zunächst in das kleine Thermalbad *Puente Viesgo*, in dessen Nähe die an prähistorischen Malereien reiche Höhle *El Castillo* liegt (Besichtigung 1.4.- 31.10 von 10-13 und 16-19 Uhr)."

Ein spanischer Führer formuliert noch verheißungsvoller: „An den Ufern des *Pas* liegen sehr interessante Orte. An erster Stelle stehen die Höhlen von

Puente Viesgo, die herrliche Steinzeitmalereien beherbergen, die wohl zu den größten Attraktionen der Gegend zählen würden, wenn sie nicht so nahe bei Altamira gelegen wären."

Klar: Hier passte ja alles: die Zeit, wir würden gut nach zehn Uhr dort eintreffen, der Tag, der Monat, die Attraktion, wahrscheinlich viel interessanter als Covalanes. Und das Wetter würde auch für diese Fahrt in die Berge wieder mitspielen. Also auf nach Puente Viesgo. Wir fanden die Höhle, auch wieder in einsamer Berglandlandschaft. Andere Besucher hatten sich ebenfalls eingefunden. Jedoch am Eingang hing die enttäuschende Notiz: *Cerrado* – die Höhle war geschlossen, und zwar nicht wie in Ramales ohne jede Nachricht, sondern ganz offiziell. Mittwoch, der 22. Mai, war ein lokaler Feiertag, dessen Name ich vergessen habe, und zur Feier des Tages wurde natürlich nicht gearbeitet, auch nicht bei der Höhle. Also wieder nichts! Wie ärgerlich. Schon wieder Pech mit unserer Höhlenbesichtigung. Jedoch erschien uns ein netter Rundweg oberhalb des Tales – bei strahlendem Sonnenschein – als eine kleine Kompensation.

Dann verbrachten wir ohne jede Sehnsucht nach Höhlen drei Tage in den Picos de Europa, einer beeindruckenden, an die Dolomiten erinnernden Bergwelt. Das Wort *cerrado*, dessen Bedeutung man in Spanien auf einer Besichtigungstour sehr schnell lernt – immer wenn man zu einer Höhle, zu einer Kirche, zu einem Museum kommt, gerade immer dann, so gewinnt man den Eindruck, heißt es *cerrado* –, dieses Wort vergaßen wir für drei Tage vollkommen. Weder der Bergklotz der Peña Vieja – trotz des Schnees –, noch die Garganta de Cares, noch das Hochtal zum El Escamellao waren *cerrado*. Wir erlebten herrliche Tage.

Der Sonntag war unser nächster Fahrttag. Doch unterwegs bot sich noch einmal, so schien es für einen Augenblick, die Chance für eine Höhlenbesichtigung. Am Sonntagvormittag passierten wir einen kleinen Ort, in dem wir – war es vielleicht in Ribadesella? – ein Schild erspähten: zu den *Cuevas* von, ja von wo? Ich kann mich nicht mehr erinnern. Ich hielt und fragte in einer Bar nach, ob die Höhle wohl am Sonntagvormittag offen sei. Ich hatte es gewusst: Die Frage hätte ich mir sparen können. Auf den Nachmittag konnten wir nicht warten; so hakten wir unsere Höhlensehnsucht endgültig ab, alles, was wir versucht hatten, war schiefgelaufen, wir fuhren weiter und hatten mit Cabo Vidio, Meira und Lugo schöne Erlebnisse an diesem Sonntag.

Und doch bekommt die Geschichte einen kleinen Nachtrag. Wir absolvierten gemütlich, wie wir geplant hatten, unsere Tour nach Santiago de Compostela und wieder zurück zum Flughafen von Bilbao, wo wir ja unseren R5 in Empfang genommen hatten. Am 30. Mai erreichten wir Burgos und mussten von dort unseren letzten vollen Reisetag, den 31. Mai, planen. Wir entschlossen uns, in aller Gemütsruhe über die Sierra zurückzufahren und in Castro Urdiales den letzten Abend zu verbringen. Castro Urdiales? Da kamen wir doch wieder durch Ramales! Ein Hoffnungsschimmer keimte auf – die letzte, die allerletzte Chance, doch noch eine Höhle zu besichtigen? Wir hatten wieder eine wunderschöne Fahrt durch die Berge, unternahmen eine kleine Wanderung, entdeckten seltene Pflanzen, zum Beispiel die Hummelragwurz, fingen mit der Kamera sogar kreisende Adler ein – doch die *Cueva de Covalanes*, wie könnte es anders sein – *cerrado*. Unsere wunderschöne Spanienfahrt war zu Ende. Die Höhlen waren uns nicht gewogen gewesen.

Madeira-Impressionen

Apriltage

Der deutsche Winter hatte sich garstig gezeigt,
trübe Tage,
dünner, fast unendlicher Regen.
Heiter, versprach der Flugkapitän beim Anflug.
Doch wetterwendisch,
die Erfahrung hinter der Metapher
wird auch hier Realität;
wetterwendisch der Himmel,
tiefblaue Flecken,
hinter weißen Wolken,
hinter grauen Wolken,
pechschwarzen Wolken,

prallen, vielgestaltigen Haufenwolken,
einflächigen Wolken,
Wolkenwänden,
die sich
in Minutenschnelle öffnen,
zu strahlendem Blau.
Das Meer changiert
in der Farbe des Himmels.
Die Pracht der Blumen verführt,
jeden Tag aufs Neue,
doch umweht vom kühlen Hauch des Windes
suchen wir die Gewissheit des Frühlings,
noch umsonst.

Drei Sonnentage

Endlich,
der Wind hat sich gedreht.
Über Madeira
leuchtet,
Wärme spendend,
Verzeihung für zugefügtes Unbill erheischend,
die südliche Sonne.
Madeiras zweites Gesicht,
sehnlichst erhofft,
endlich.

Abend

Über den roten und braunen Pfannen der Dächer
das scheinbar unendliche Meer,
in der Abendkühle,
dunkel,
und doch begrenzt
vom fernen, noch hellen Horizont.
Die Weite des Wassers,
der scharfe Trennstrich zum Himmel,
ein Gleichnis.
Sehnsucht nach Unendlichkeit,
die Gewissheit der Grenze.
Das Meer in seiner unendlichen Weite
dunkel,
der Himmel über dem Horizont
noch licht.

Hunde

Er geleitete uns
auf schmalem, sich immer wieder verlierendem Küstenpfad,
wartete,
wenn wir irrten,
bis wir seine Spur gefunden hatten.

Als wir auf die Teerstraße stießen,
war er,
ohne Dank abzuwarten,
mit einem Mal verschwunden.

Ein anderer,
im Bunde mit einer kläffenden Meute,
fiel über uns her,
schnappte,
traf,
tiefe Spuren hinterlassend.
Wir hatten ihm nichts getan.

An der Levada

Weiß, gelb, orange, rot, lila, blau, hell, dunkel,
Calla, Kapuzinerkresse, Strelitzia, Lilie, Gladiole,
der Stolz Madeiras, die afrikanische Liebesblume.
Natur im Frühlingskleid.

Hart daneben
Coca-Cola-Dosen,
manche schon in hässlichem Rostrot,
Weinflaschen,
oft zersplittert,

Plastiktüten,
weiß, rot, blau, schwarz, zerknüllt,
Snickers und Raiders,
leere Hüllen,
zerrissen,
Lumpen.
Symbole unserer Zeit.

Madeira at its best,
Madeira at its worst.
Hart nebeneinander,
an der Levada.

Eindrücke vom Ostkap Madeiras